TRANZLATY

La Langue est pour tout le Monde

भाषा सभी के लिए है

La Métamorphose

कायापलट
(मेटामोर्फोसिस)

Franz Kafka
फ्रांज काफ्का

Français
हिन्दी

www.tranzlaty.com

Première partie
भाग एक

Gregor Samsa se réveilla un matin après des rêves agités.
ग्रेगर साम्सा एक सुबह परेशान करने वाले सपनों से जागे।

Il se retrouva dans son lit, incapable de bouger.
उसने खुद को बिस्तर पर पाया, लेकिन हिल नहीं पा रहा था।

Il avait été transformé en un monstre vermineux.
वह एक भयानक कीड़े में बदल गया था।

Il était allongé sur le dos, une carapace dure comme une armure.
वह पीठ के बल लेटा हुआ था, जो कवच की तरह सख्त थी।

En relevant légèrement la tête, il pouvait voir son ventre.
अपना सिर थोड़ा ऊपर उठाकर वह अपना पेट देख सकता था।

Mais son ventre était bombé et divisé en segments.
लेकिन उसका पेट गुंबद जैसा था, और टुकड़ों में बंटा हुआ था।

La couverture reposait sur son ventre arrondi.
कम्बल उसके गोल पेट के ऊपर रखा हुआ था।

Mais la couverture était sur le point de glisser complètement.
लेकिन कंबल पूरी तरह से नीचे खिसकने वाला था।

Ses jambes étaient pitoyables comparées à leur taille habituelle.
उसके पैर अपने नॉर्मल साइज़ की तुलना में बहुत छोटे थे।

Et ses nombreuses pattes s'agitaient impuissantes devant ses yeux.
और उसके कई पैर उसकी आँखों के सामने बेबस होकर फड़फड़ा रहे थे।

« Que m'est-il arrivé ? » se demanda-t-il.
"मुझे क्या हो गया है?" उसने मन ही मन सोचा।

Mais ce n'était pas un rêve dont il ne pouvait se réveiller.
लेकिन यह ऐसा सपना नहीं था जिससे वह जाग नहीं सकता था।

Il se trouvait bel et bien dans sa propre chambre.

यह सच में उसका अपना कमरा था जिसमें उसने खुद को पाया।

Une vraie chambre pour des humains, mais un peu trop petite.
इंसानों के लिए एक असली कमरा, लेकिन थोड़ा बहुत छोटा।

Il gisait tranquillement entre les quatre murs bien connus.
वह चार जानी-मानी दीवारों के बीच चुपचाप लेटा रहा।

Sur la table se trouvait une collection d'échantillons de textiles.
टेबल पर टेक्सटाइल सैंपल का कलेक्शन था।

Samsa était un vendeur ambulant, d'où les échantillons.
समसा एक ट्रैवलिंग सेल्समैन था, इसलिए ये सैंपल थे।

Au-dessus des échantillons de textile désassemblés se trouvait une image.
अलग किए गए टेक्सटाइल सैंपल के ऊपर एक तस्वीर थी।

Il avait récemment découpé la photo dans un magazine.
उन्होंने हाल ही में एक मैगज़ीन से यह तस्वीर काटी थी।

Il avait placé le tableau dans un joli cadre doré.
उन्होंने तस्वीर को एक सुंदर, सुनहरे फ्रेम में लगाया था।

Le tableau encadré représentait une dame assise bien droite.
फ्रेम वाली तस्वीर में एक महिला सीधी बैठी हुई दिखाई गई थी।

Elle portait un chapeau de fourrure et un manchon de fourrure.
उसने फर वाली टोपी पहनी हुई थी और फर वाला मफ़ पहना हुआ था।

Elle levait la main en direction du spectateur.
वह पिक्चर देखने वाले की तरफ अपना हाथ बढ़ा रही थी।

Son avant-bras entier disparaissait dans son épais manchon de fourrure.
उसकी पूरी बांह उसके भारी फर मफ़ में गायब हो गई।

Gregor regarda par la fenêtre le temps maussade.
ग्रेगर ने खिड़की से उदास मौसम को देखा।

On pouvait entendre les grosses gouttes de pluie frapper la fenêtre.

खिड़की पर भारी बारिश की बूंदों की आवाज़ आ रही थी।

Le temps gris le rendait très mélancolique.
ग्रे मौसम ने उसे बहुत उदास महसूस कराया।

« Et si je dormais un peu plus longtemps ? » pensa-t-il.
"मैं थोड़ी देर और सो जाऊं?" उसने सोचा।

« Dormir davantage m'aiderait peut-être à oublier ces
bêtises. »
"ज़्यादा नींद से मुझे यह बकवास भूलने में मदद मिल सकती है।"

Mais dormir plus longtemps était totalement impossible.
लेकिन अब और सोना बिल्कुल नामुमकिन था।

Parce qu'il avait l'habitude de dormir sur le côté droit.
क्योंकि उसे दाहिनी करवट सोने की आदत थी।

Mais son état actuel l'empêchait d'effectuer ses mouvements
habituels.
लेकिन उनकी अभी की हालत की वजह से वे रोज़ाना नहीं चल पा रहे
थे।

Il n'avait aucun moyen de se retrouver dans cette situation.
उसके पास इस स्थिति में आने का कोई रास्ता नहीं था।

Il fit de son mieux pour se jeter sur son côté droit.
उसने खुद को दाहिनी ओर करने की पूरी कोशिश की।

Il a probablement tenté ce mouvement une centaine de fois.
उन्होंने शायद इस मूवमेंट को सौ बार करने की कोशिश की होगी।

Mais il revenait toujours en position couchée sur le dos.
लेकिन वह हमेशा पीठ के बल लेट जाता था।

Il ferma les yeux pour ne pas voir ses jambes qui s'agitaient.
उसने अपनी आँखें बंद कर लीं ताकि वह अपने हिलते हुए पैरों को न देख
सके।

Finalement, la douleur l'a empêché de réessayer.
आखिर में उसके दर्द ने उसे दोबारा कोशिश करने से रोक दिया।

Une douleur sourde au flanc qu'il n'avait jamais ressentie
auparavant.

उसके शरीर में एक हल्का दर्द था जो उसने पहले कभी महसूस नहीं किया था।

« Oh mon Dieu », pensa désespérément Gregor Samsa.
"हे भगवान," ग्रेगर सामसा ने हताश होकर मन ही मन सोचा।

« Quel métier pénible j'ai choisi ! »
"मैंने अपने लिए कितना मुश्किल प्रोफ़ेशन चुना है!"

« Je dois voyager tous les jours pour le travail. »
"मुझे काम के लिए दिन-रात घूमना पड़ता है।"

« Le travail de bureau est beaucoup plus facile que le travail sur la route. »
"ऑफिस का काम सड़क पर काम करने से कहीं ज़्यादा आसान है।"

« Et j'ai la malédiction de devoir voyager constamment. »
"और मुझे घूमने-फिरने का श्राप है।"

« Toutes ces inquiétudes liées au fait d'être à l'heure pour les trains. »
"ट्रेन के समय पर पहुंचने की सारी चिंताएं।"

« Mes horaires de repas sont irréguliers et la nourriture est mauvaise. »
"मेरे खाने का समय अनियमित है, और खाना ख़राब है।"

« Mes amis changent constamment de ville. »
"मेरे दोस्त हमेशा शहर-शहर बदलते रहते हैं।"

« Mes interactions sont froides et professionnelles. »
"मेरी बातचीत ठंडी और प्रोफेशनल होती है।"

«Que le diable s'amuse avec ce genre de travail !»
"शैतान को इस तरह के काम से अपना मनोरंजन करने दो!"

Il ressentit une légère démangeaison en haut de l'estomac.
उसे अपने पेट के ऊपरी हिस्से में हल्की खुजली महसूस हुई।

Il s'appuya contre le montant du lit, le dos contre le sol.
उसने अपनी पीठ से खुद को बिस्तर के खंभे से धकेल दिया।

Il voulait pouvoir mieux lever la tête.
वह अपना सिर बेहतर तरीके से उठा पाना चाहता था।

Il a trouvé l'endroit qui le démangeait.
उसे वह खुजली वाली जगह मिल गई जो उसे परेशान कर रही थी।

Sa tête semblait recouverte de petits points blancs.
ऐसा लग रहा था कि उसका सिर छोटे-छोटे सफेद डॉट्स से ढका हुआ है।

Il ne pouvait pas dire ce que représentaient ces petits points blancs.
ये छोटे सफेद बिंदु क्या थे, वह नहीं बता सका।

Il avait prévu de toucher l'endroit avec une de ses jambes.
उसने उस जगह को अपने एक पैर से छूने का प्लान बनाया था।

Mais lorsqu'il toucha l'endroit, il ressentit un étrange frisson.
लेकिन जब उसने उस जगह को छुआ तो उसे एक अजीब सी ठंडक महसूस हुई।

Il a donc immédiatement retiré sa jambe.
इसलिए उसने तुरंत अपना पैर उस जगह से हटा लिया।

Il n'avait d'autre choix que d'accepter cette sensation de démangeaison.
उसके पास खुजली को स्वीकार करने के अलावा कोई विकल्प नहीं था।

Et il reprit sa position initiale dans le lit.
और वह बिस्तर पर अपनी पहले वाली पोजीशन में लौट आया।

«Se réveiller si tôt rend vraiment stupide.»
"इतनी जल्दी उठना सच में इंसान को बहुत बेवकूफ़ बना देता है।"

« Un homme doit dormir suffisamment », pensa-t-il.
"एक आदमी को पूरी नींद लेनी चाहिए," उसने मन ही मन सोचा।

« Les autres représentants de commerce mènent une vie de luxe. »
"दूसरे ट्रैवलिंग सेल्समैन लग्ज़री लाइफ जीते हैं।"

« Le matin, je transfère les ordres que j'ai reçus. »
"सुबह मैं मिले ऑर्डर ट्रांसफर कर देता हूँ।"

« Pendant ce temps, ces messieurs prennent encore leur petit-déjeuner. »

"इस बीच वे सज्जन अभी भी नाश्ता कर रहे हैं।"

« Imaginez un peu si j'essayais de faire ça avec mon patron. »
"ज़रा सोचिए अगर मैंने अपने बॉस के साथ ऐसा करने की कोशिश की होती।"

«Il me licenciait avant même que j'aie fini mon petit-déjeuner.»
"मेरा नाश्ता खत्म होने से पहले ही वह मुझे नौकरी से निकाल देता।"

« Mais ce ne serait peut-être pas le pire non plus. »
"लेकिन शायद यह सबसे बुरी बात भी नहीं होगी।"

«Le problème, c'est que mes parents me freinent.»
"समस्या यह है कि मेरे माता-पिता मुझे रोक रहे हैं।"

« Sans eux, j'aurais déjà démissionné. »
"अगर वे नहीं होते तो मैं पहले ही इस्तीफा दे चुका होता।"

« J'aurais tenu tête au patron et je lui aurais dit. »
"मैं बॉस के सामने खड़ा होकर उसे बता देता।"

« Je dirais exactement ce que je pense de lui et de son travail. »
"मैं वही कहूंगा जो मैं उसके और नौकरी के बारे में सोचता हूं।"

« Il tomberait de son bureau si je lui racontais tout ! »
"अगर मैंने उसे सब कुछ बता दिया तो वह अपनी डेस्क से गिर जाएगा!"

« Sa façon de s'asseoir à son bureau est très étrange. »
"जिस तरह से वह अपनी डेस्क पर बैठता है, वह बहुत अजीब है।"

« Sa façon de parler à ses subordonnés n'est pas correcte. »
"जिस तरह से वह अपने अधीनस्थों से बात करता है वह सही नहीं है।"

« Et le pire, c'est que son ouïe est très mauvaise. »
"और सबसे बुरी बात यह है कि उसकी सुनने की शक्ति बहुत कमज़ोर है।"

«Vous n'avez donc pas d'autre choix que de vous asseoir très près de lui.»

"तो आपके पास उसके बहुत करीब बैठने के अलावा कोई चारा नहीं है।"

« Cela dit, l'espoir n'est pas encore totalement perdu. »
"लेकिन इतना सब कहने के बाद भी, उम्मीद अभी पूरी तरह खत्म नहीं हुई है।"

« Je vais économiser cet argent pour rembourser les dettes de mes parents. »
"मैं अपने माता-पिता का कर्ज चुकाने के लिए पैसे बचाऊंगा।"

« Je ne peux rien faire tant qu'ils lui doivent de l'argent. »
"जब तक उन पर पैसे बकाया हैं, मैं कुछ नहीं कर सकता।"

« Mais une fois la dette remboursée, je le ferai sans aucun doute. »
"लेकिन जब कर्ज चुका दिया जाएगा तो मैं यह ज़रूर करूंगा।"

« Cela prendra probablement encore cinq à six ans. »
"इसमें शायद पांच से छह साल और लगेंगे।"

« Oui, alors la grande séparation aura certainement lieu. »
"हाँ, तो बड़ा सेपरेशन ज़रूर होगा।"

« Pour le moment, je dois me lever. »
"लेकिन अभी के लिए मुझे बिस्तर से उठना होगा।"

« Parce que mon train part à cinq heures. »
"क्योंकि मेरी ट्रेन पांच बजे रवाना होगी।"

Gregor regarda le réveil qui tic-tac sur la table.
ग्रेगर ने मेज पर टिक-टिक करती अलार्म घड़ी को देखा।

« Père céleste ! » pensa-t-il en regardant l'heure.
"हे स्वर्गिक पिता!" उसने समय देखते हुए सोचा।

Six heures et demie étaient déjà passées sans qu'on s'en aperçoive.
साढ़े छह बज चुके थे और चुपचाप चले गए थे।

Et les aiguilles de l'horloge continuaient d'avancer d'elles-mêmes.
और घड़ी की सुइयां खुद-ब-खुद आगे बढ़ती रहीं।

Et il était presque sept heures quarante-cinq.
और अब समय करीब पौने सात बज रहा था।

« Peut-être que le réveil n'a pas sonné ? » pensa-t-il.
"शायद मुझे जगाने के लिए अलार्म नहीं बजा?" उसने सोचा।

Depuis son lit, Gregor inspecta le réveil.
अपने बिस्तर से ग्रेगर ने अलार्म घड़ी देखी।

Le réveil était correctement réglé sur quatre heures.
अलार्म घड़ी सही से चार बजे के लिए सेट थी।

Il ne pouvait pas l'expliquer, mais l'alarme avait dû sonner.
वह इसे समझा नहीं सका, लेकिन अलार्म ज़रूर बज गया होगा।

« Comment ai-je pu dormir sans m'en rendre compte après
avoir entendu le réveil ? »
"मैं अलार्म बजने के बाद भी बिना जाने कैसे सो गया?"

Quand elle sonne, l'alarme fait même trembler les meubles.
जब अलार्म बजता है तो फर्नीचर भी हिल जाता है।

Il savait que son sommeil n'avait pas été du tout paisible.
वह जानता था कि उसकी नींद बिल्कुल भी शांतिपूर्ण नहीं थी।

Mais c'est peut-être pour cela que son sommeil était
beaucoup plus profond.
लेकिन शायद इसीलिए उसकी नींद ज़्यादा गहरी थी।

Il devait réfléchir à ce qu'il devait faire maintenant.
उसे सोचना था कि अब उसे क्या करना चाहिए।

Le train suivant ne partait qu'à sept heures.
अगली ट्रेन सात बजे तक नहीं चली।

Prendre ce train serait quasiment impossible.
उस ट्रेन को पकड़ना लगभग नामुमकिन होगा।

Et il n'avait pas encore emporté les textiles dont il avait
besoin.
और उसने अभी तक अपनी ज़रूरत का कपड़ा पैक नहीं किया था।

Il ne se sentait pas particulièrement frais et agile non plus.
वह खास फ्रेश और फुर्तीला भी महसूस नहीं कर रहा था।

Il y avait peut-être une chance de monter dans le train.

शायद ट्रेन में चढ़ने का मौका था।

Mais une réprimande du patron était inévitable de toute façon.
लेकिन बॉस की डांट तो पड़नी ही थी।

Le commis aurait pris le train de cinq heures.
क्लर्क पांच बजे की ट्रेन में चढ़ गया होगा।

Le commis de bureau était une créature sans envergure, à la solde du patron.
ऑफिस क्लर्क बॉस का एक रीढ़विहीन प्राणी था।

L'absence de Gregor aurait donc déjà été signalée.
तो ग्रेगर की गैरहाज़िरी की रिपोर्ट पहले ही हो चुकी होगी।

« Et si je me faisais porter malade ? » se demandait Gregor.
"अगर मैं बीमार हो जाऊं तो क्या होगा?" ग्रेगर सोच रहा था।

Mais ce serait extrêmement embarrassant et suspect.
लेकिन यह बहुत शर्मनाक और शक वाली बात होगी।

Gregor n'avait jamais été malade pendant la période où il avait travaillé là-bas.
ग्रेगर जब वहां काम कर रहे थे, तब वे कभी बीमार नहीं पड़े थे।

Et il leur avait déjà consacré cinq années de service.
और वह पहले ही उन्हें पांच साल की सर्विस दे चुका था।

Il y avait de fortes chances que le patron vienne prendre de ses nouvelles.
संभावना थी कि बॉस उसका हालचाल जानने आएगा।

Il amènerait probablement le médecin de l'assurance maladie.
वह शायद हेल्थ इंश्योरेंस डॉक्टर को साथ लाएगा।

Et il blâmait les parents pour la paresse de leur fils.
और वह अपने आलसी बेटे के लिए माता-पिता को दोषी ठहराता था।

Ils ne pourraient formuler aucune objection à son égard.
वे उस पर कोई आपत्ति नहीं कर सकेंगे।

Car pour lui, il n'y avait que deux sortes de travailleurs.
क्योंकि उसके लिए केवल दो तरह के वर्कर थे।

Soit les ouvriers étaient en parfaite santé, soit ils rechignaient à travailler.
या तो वर्कर पूरी तरह से हेल्दी थे, या काम से कतराते थे।

Et aurait-il même tort dans cette analyse de base ?
और क्या वह उस बेसिक एनालिसिस में भी गलत होगा?

Assurément, dans ce cas précis, son argument était solide.
निश्चित रूप से, इस मामले में उनके पास एक मजबूत तर्क था।

Malgré son apparence, Gregor se sentait en réalité plutôt bien.
अपनी शक्ल-सूरत के बावजूद ग्रेगर असल में काफी अच्छा महसूस कर रहा था।

Ce long sommeil inutile l'avait rendu un peu somnolent.
बेवजह की लंबी नींद की वजह से उसे थोड़ी नींद आ गई।

Mais à part ça, il ne pouvait pas se plaindre de maladie.
लेकिन इसके अलावा वह बीमारी की शिकायत नहीं कर सकता था।

Il ressentait même une faim particulièrement forte et saine.
उसे बहुत तेज़ और हेल्दी भूख भी लगी।

Tandis qu'il nourrissait ces pensées, l'horloge sonna de nouveau.
जब वह ये सोच रहा था तो घड़ी फिर बज गई।

Selon l'alarme, il était alors sept heures moins le quart.
अलार्म के अनुसार अब पौने सात बज रहे थे।

Et maintenant, on frappa doucement à la porte.
और अब दरवाज़े पर हल्की सी दस्तक भी हुई।

« Gregor », l'appela quelqu'un – c'était sa mère.
"ग्रेगर," किसी ने उसे पुकारा - यह माँ थी।

« Il est sept heures moins le quart », a-t-elle confirmé en entendant l'alarme.
"अभी तो पौने सात बजे हैं," उसने अलार्म की पुष्टि की।

« Tu ne voulais pas partir ? » demanda la douce voix.
"क्या तुम जाना नहीं चाहते थे?" एक प्यारी सी आवाज़ ने पूछा।

Gregor eut peur en entendant sa voix répondre.

ग्रेगर डर गया जब उसने अपनी आवाज़ सुनी।

Sa voix était toujours la même.
आवाज़ अब भी वही थी जो हमेशा थी।

Mais une nouvelle sonorité s'était désormais mêlée à sa voix.
लेकिन अब उसकी आवाज़ में एक नई आवाज़ घुल गई थी।

Un couinement douloureux s'échappa également du plus profond de lui.
उसके अंदर से भी एक दर्द भरी चीख निकली।

Au début, sa voix semblait former des mots avec clarté.
पहले तो उनकी आवाज़ साफ़ शब्दों में बोलती हुई लग रही थी।

Mais alors, Gregor entendit l'écho mental de sa voix.
लेकिन तभी ग्रेगर को उसकी आवाज़ की मन में गूंज सुनाई दी।

L'enregistrement de sa voix s'est interrompu de façon étrange.
उनकी आवाज़ की रिकॉर्डिंग अजीब तरीके से टूट गई।

Et il n'était pas sûr d'avoir bien entendu.
और उसे पक्का नहीं था कि उसने सही सुना है या नहीं।

Gregor éprouvait un profond désir de donner une réponse détaillée.
ग्रेगर को डिटेल में जवाब देने की गहरी इच्छा हुई।

Il voulait tout expliquer clairement à sa mère.
वह अपनी मां को सब कुछ साफ-साफ समझाना चाहता था।

Mais, compte tenu des circonstances, il devait se limiter.
लेकिन, हालात को देखते हुए, उन्हें खुद को सीमित रखना पड़ा।

Et sa réponse fut beaucoup plus brève qu'il ne l'aurait souhaité.
और उसने जितना चाहा था उससे बहुत छोटा जवाब दिया।

"Oui maman, ne t'inquiète pas, merci, je suis déjà levée."
"हाँ माँ, चिंता मत करो, धन्यवाद, मैं पहले से ही उठ गया हूँ।"

La porte en bois a probablement contribué à étouffer sa voix.
लकड़ी के दरवाज़े ने शायद उसकी आवाज़ को दबाने में मदद की।

À l'extérieur, le changement dans la voix de Gregor est resté inaperçu.
बाहर ग्रेगर की आवाज़ में बदलाव पर किसी का ध्यान नहीं गया।

La mère semblait satisfaite de son explication.
माँ उसकी बात से संतुष्ट लग रही थी।

Et elle repartit aussi discrètement qu'elle était venue.
और वह फिर से उतनी ही शांति से चली गई, जितनी शांति से आई थी।

Mais cette petite conversation a eu un effet indésirable.
लेकिन इस छोटी सी बातचीत का अनचाहा असर हुआ।

Il a attiré l'attention des autres membres de la famille.
उसने परिवार के दूसरे सदस्यों का ध्यान अपनी ओर खींचा।

Gregor était toujours chez lui et n'était pas allé travailler.
ग्रेगर अभी भी घर पर था और काम पर नहीं गया था।

Et maintenant, le père frappa lui aussi à la porte de côté.
और अब पिता ने भी साइड का दरवाज़ा खटखटाया।

Il frappa faiblement, mais avec détermination, du poing.
उसने कमज़ोर, लेकिन पक्के इरादे से मुट्ठी से दस्तक दी।

« Gregor, Gregor », appela-t-il, « quel est le problème ? »
"ग्रेगर, ग्रेगर," उसने पुकारा "क्या समस्या है?"

Au bout d'un moment, il avertit de nouveau d'une voix plus grave.
थोड़ी देर बाद उसने फिर से गहरी आवाज़ में चेतावनी दी।

Mais la sœur frappa alors à la porte de l'autre côté.
लेकिन दूसरी तरफ के दरवाज़े पर अब बहन ने दस्तक दी।

« Gregor ? Tu ne te sens pas bien ? » demanda-t-elle doucement.
"ग्रेगर? क्या तुम ठीक नहीं हो?" उसने धीरे से पूछा।

« Avez-vous besoin de quelque chose ? » demanda-t-elle, inquiète.
"क्या आपको कुछ चाहिए," उसने चिंतित होकर पूछा।

Gregor a répondu aux deux parties : « J'ai déjà terminé. »
ग्रेगर ने दोनों पक्षों को जवाब दिया: "मैं पहले ही समाप्त कर चुका हूं।"

Il avait fait de son mieux pour prononcer tous les mots avec soin.
उन्होंने सभी शब्दों को ध्यान से बोलने की पूरी कोशिश की थी।

Et il a gommé tout ce qui était ostentatoire dans sa voix.
और उन्होंने अपनी आवाज़ से हर साफ़ बात हटा दी।

Le père semblait également satisfait de la réponse.
पिता भी जवाब से संतुष्ट दिखे।

Et il retourna à son petit-déjeuner inachevé.
और वह अपने अधूरे नाश्ते पर वापस लौट आया।

Mais la sœur murmura : « Gregor, ouvre la bouche, je t'en supplie. »
लेकिन बहन ने फुसफुसाते हुए कहा, "ग्रेगर, खोलो, मैं तुमसे विनती करती हूं।"

Mais son inquiétude à son égard ne parvenait en rien à l'émouvoir.
लेकिन उसके लिए उसकी चिंता उसे किसी भी तरह से प्रभावित नहीं कर सकी।

Gregor n'avait aucune intention de lui ouvrir la porte.
ग्रेगर का उसके लिए दरवाज़ा खोलने का कोई इरादा नहीं था।

Ses voyages lui avaient permis d'acquérir certaines habitudes de prudence.
ट्रैवलिंग से उन्हें कुछ सावधानी वाली आदतें सीखी थीं।

Et il se félicita d'avoir verrouillé les portes.
और उसने दरवाज़े बंद करने के लिए खुद की तारीफ़ की।

Il voulait d'abord se lever tranquillement, à son propre rythme.
पहले तो वह चुपचाप अपने समय पर उठना चाहता था।

Et, sans être dérangé, il voulut s'habiller.
और, बिना किसी परेशानी के, वह कपड़े पहनना चाहता था।

Cela étant fait, il voulut ensuite prendre son petit-déjeuner.
यह सब करने के बाद, वह नाश्ता करना चाहता था।

Ce n'est qu'alors qu'il a souhaité examiner la situation plus en détail.
तभी वह स्थिति पर आगे विचार करना चाहते थे।

Il savait qu'il était inutile de faire des projets au lit.
वह जानता था कि बिस्तर पर योजना बनाने का कोई फायदा नहीं है।

Il serait impossible de parvenir à une conclusion sensée.
किसी समझदारी भरे नतीजे पर पहुंचना नामुमकिन होगा।

Il lui était déjà arrivé de se réveiller avec de légères douleurs.
कई बार ऐसा हुआ कि वह हल्के दर्द के साथ उठा।

Ces douleurs se sont toujours révélées être de pures inventions de l'imagination.
ये दर्द हमेशा कोरी कल्पना ही निकले।

En me levant du lit, la douleur disparaissait invariablement.
बिस्तर से उठते ही दर्द हमेशा के लिए खत्म हो गया।

Il était curieux de voir ce qu'il adviendrait de ces idées.
वह यह जानने के लिए उत्सुक थे कि इन आइडियाज़ का क्या होगा।

Le changement de sa voix était probablement dû à un rhume.
उसकी आवाज़ में बदलाव शायद सर्दी की वजह से था।

Le rhume est un risque professionnel courant pour les voyageurs.
सर्दी-जुकाम यात्रियों के लिए एक काम का खतरा है।

Il ne doutait pas que c'était l'explication logique.
उन्हें इसमें कोई शक नहीं था कि यही लॉजिकल एक्सप्लेनेशन था।

Il s'est facilement dégagé de la couverture.
कंबल को अपने ऊपर से हटाना आसान हो गया।

Il lui suffisait d'inspirer et de se gonfler.
उसे बस सांस अंदर लेनी थी और खुद को फुलाना था।

La couverture glissa de son corps et tomba sur le sol.
कम्बल उसके शरीर से फिसलकर फर्श पर गिर गया।

Son corps incroyablement large rendait d'autres choses difficiles.
उनके बहुत चौड़े शरीर की वजह से दूसरी चीज़ें मुश्किल हो जाती थीं।

Il aurait eu besoin de bras et de mains pour se tenir debout.
खड़े होने के लिए उसे हाथों और बाजुओं की ज़रूरत पड़ती।

Mais il n'avait plus les membres qu'il avait autrefois.
लेकिन उसके पास वे अंग नहीं थे जो पहले हुआ करते थे।

Au lieu de bras et de mains, il avait plein de petites jambes.
हाथों और बाजुओं की जगह उसके बहुत सारे छोटे-छोटे पैर थे।

Et ses jambes bougeaient sans cesse, sans qu'il puisse les contrôler.
और उसके पैर लगातार हिलते रहते थे, बिना उसके कंट्रोल के।

Il a essayé de plier une jambe, mais au lieu de cela, elle s'est étirée.
उसने एक पैर मोड़ने की कोशिश की, लेकिन वह खिंच गया।

Il parvint finalement à contrôler une jambe.
आखिरकार वह एक पैर को अपने कंट्रोल में लाने में कामयाब हो गया।

Mais ensuite, le mouvement des autres pattes a été libéré.
लेकिन फिर दूसरे पैरों की हरकत छोड़ दी गई।

Et toutes ses jambes frémissaient d'excitation extrême.
और उसके सारे पैर बहुत ज़्यादा एक्साइटमेंट में फड़कने लगे।

Il a d'abord voulu sortir le bas de son corps du lit.
पहले वह अपने शरीर के निचले हिस्से को बिस्तर से बाहर निकालना

चाहता था।

Mais il n'avait pas encore vu le bas de son corps.
लेकिन असल में उसने अभी तक अपना निचला शरीर नहीं देखा था।

Et de toute façon, déplacer cette pièce s'est avéré trop difficile.
और वैसे भी इस हिस्से को हटाना बहुत मुश्किल साबित हुआ।

Finalement, de toutes ses forces, il fit un geste audacieux.
आखिरकार, अपनी पूरी ताकत लगाकर उसने एक अजीब चाल चली।

Sans plus hésiter, il s'avança.

बिना किसी हिचकिचाहट के वह आगे बढ़ गया।

Mais il avait choisi la mauvaise direction.
लेकिन उसने आगे बढ़ने के लिए गलत दिशा चुन ली थी।

Il s'est violemment cogné le corps contre le montant inférieur du lit.
उसने ज़ोर से अपने शरीर को नीचे वाले बेडपोस्ट से मारा।

La douleur brûlante qu'il ressentait lui a appris une précieuse leçon.
उसे जो जलन महसूस हुई, उससे उसे एक कीमती सबक मिला।

La partie inférieure de son corps était peut-être plus sensible.
उसके शरीर का निचला हिस्सा शायद ज़्यादा सेंसिटिव था।

Il a donc commencé par sortir le haut de son corps du lit.
इसलिए उसने पहले अपने शरीर के ऊपरी हिस्से को बिस्तर से बाहर निकालने की कोशिश की।

Il tourna prudemment la tête dans la bonne direction.
उसने ध्यान से अपना सिर सही दिशा में घुमाया।

Et bientôt, sa tête se retrouva face au bord du lit.
और जल्द ही उसका सिर बिस्तर के किनारे की ओर था।

Ce mouvement prudent lui était en réalité facile.
यह सावधानी भरा कदम असल में उसके लिए आसान था।

Et sa largeur et son poids ne l'empêchaient pas de se déplacer.
और उसकी चौड़ाई और वज़न ने उसके मूवमेंट को नहीं रोका।

La masse de son corps suivit lentement le mouvement de sa tête.
उसके शरीर का वज़न धीरे-धीरे सिर के घुमाव के साथ-साथ बढ़ता गया।

Mais ensuite, il a passé la tête au-dessus du bord du lit.
लेकिन फिर उसने अपना सिर बिस्तर के किनारे पर रख लिया।

Et il dut faire face à une nouvelle peur à laquelle il n'avait pas encore pensé.

और उसे एक नए डर का सामना करना पड़ा जिसके बारे में उसने अभी तक सोचा नहीं था।

Poursuivre dans cette voie pourrait s'avérer dangereux.
इस तरह से आगे बढ़ना खतरनाक हो सकता है।

Il pensait qu'il allait simplement se laisser tomber.
उसने सोचा था कि वह बस खुद को गिरने देगा।

Mais ce serait un miracle s'il ne s'était pas blessé à la tête.
लेकिन अगर उसके सिर पर चोट नहीं लगी तो यह चमत्कार ही होगा।

Ce n'était pas le moment de risquer de perdre connaissance.
अब होश खोने का जोखिम उठाने का समय नहीं था।

Finalement, il vaudrait peut-être mieux rester au lit.
शायद बिस्तर पर ही रहना बेहतर होगा।

Mais il devait ensuite faire le même effort pour revenir.
लेकिन फिर उसे वापस आने के लिए वही कोशिश करनी पड़ी।

Après tous ces efforts, il était allongé là, exactement comme avant.
इतनी मेहनत के बाद भी वह पहले की तरह ही वहीं पड़ा रहा।

Et maintenant, ses jambes semblaient encore plus en colère qu'elles ne l'avaient été.
और अब उसके पैर पहले से भी ज़्यादा गुस्से में लग रहे थे।

Les mouvements de sa jambe étaient devenus encore plus incontrôlables.
उसके पैरों की हरकतें और भी बेकाबू हो गई थीं।

Il ne voyait aucun moyen de sortir de la situation dans laquelle il se trouvait.
उसे उस स्थिति से बाहर निकलने का कोई रास्ता नहीं दिख रहा था जिसमें वह फंसा हुआ था।

Il était impossible de faire émerger la paix et l'ordre de ce chaos.
इस अव्यवस्था से शांति और व्यवस्था नहीं लाई जा सकी।

Mais il savait que rester au lit n'était pas une option non plus.

लेकिन वह जानता था कि बिस्तर पर रहना भी कोई ऑप्शन नहीं है।

Tout sacrifier était l'option la plus sensée.
सब कुछ कुर्बान करना सबसे समझदारी भरा ऑप्शन था।

Il s'accrochait au moindre espoir de pouvoir se lever.
वह बिस्तर से उठने की थोड़ी सी भी उम्मीद पर कायम रहा।

S'il y parvenait, tous les risques en auraient valu la peine.
अगर वह ऐसा कर लेता, तो सारा रिस्क वसूल हो जाता।

Mais il se souvenait aussi d'autre chose en même temps.
लेकिन उसी समय उसे कुछ और भी याद आ गया।

« Mieux vaut réfléchir sereinement que de prendre des décisions désespérées. »
"बेताब फैसलों से बेहतर है शांत होकर सोचना।"

Il concentra tous ses efforts sur la fenêtre.
पूरी कोशिश करके उसने अपनी आँखें खिड़की पर टिका दीं।

Mais ce qu'il vit ne lui insuffla guère de confiance ni de joie.
लेकिन जो कुछ उसने देखा उससे उसे ज़्यादा कॉन्फिडेंस और खुशी नहीं मिली।

La brume matinale enveloppait toute la rue étroite.
सुबह की धुंध ने पूरी तंग गली को ढक लिया था।

Le réveil sonna à nouveau ; il était maintenant sept heures.
अलार्म घड़ी फिर बजी; अब सात बज चुके थे।

« Il est déjà sept heures et il y a encore un épais brouillard. »
"अभी तो सात बज चुके हैं और अभी भी कोहरा छाया हुआ है।"

Il resta un moment allongé, immobile, respirant faiblement.
कुछ देर तक वह चुपचाप लेटा रहा, उसकी साँसें बहुत कमज़ोर थीं।

Un peu de calme permettrait peut-être de retrouver une certaine normalité.
शायद कुछ शांति से कुछ नॉर्मल स्थिति आ जाएगी।

Un silence complet pourrait engendrer les conditions réelles.
पूरी तरह चुप्पी से असली हालात पैदा हो सकते हैं।

Mais avant que l'horloge ne sonne à nouveau, il rompit le silence.
लेकिन घड़ी के दोबारा बजने से पहले ही उसने चुप्पी तोड़ दी।

«Avant que l'horloge ne sonne à nouveau, je dois être levé.»
"घड़ी फिर से बजने से पहले मुझे बिस्तर से उठ जाना चाहिए।"

« Je dois absolument être complètement levé à ce moment-là. »
"तब तक मुझे बिस्तर से पूरी तरह उठ जाना चाहिए।"

« Après 19h15, le bureau enverra quelqu'un. »
"सवा सात बजे के बाद ऑफिस किसी को भेजेगा।"

"Parce que le bureau ouvrait avant sept heures."
"क्योंकि ऑफिस सात बजे से पहले खुल गया था।"

Et il commença alors à se balancer hors du lit.
और अब वह बिस्तर से बाहर निकलकर अपने शरीर को हिलाने लगा।

Il avait cessé de se concentrer sur le haut ou le bas de son corps.
उसने अपने ऊपरी या निचले शरीर पर ध्यान देना छोड़ दिया था।

Il fallut sortir tout son corps du lit.
उसके शरीर का पूरा हिस्सा बिस्तर से उठ गया।

Tomber de cette façon devrait protéger sa tête, pensa-t-il.
उसने सोचा कि इस तरह गिरने से उसका सिर बच जाएगा।

Il avait prévu de relever la tête lorsqu'il toucherait le sol.
उसने ज़मीन पर गिरते ही अपना सिर ऊपर उठाने का प्लान बनाया था।

Son dos semblait suffisamment robuste pour encaisser le choc.
उसके शरीर का पिछला हिस्सा टक्कर के लिए काफी सख्त लग रहा था।

Et le tapis était là pour amortir l'atterrissage.
और कालीन लैंडिंग को नरम बनाने के लिए था।

Ce qui le préoccupait le plus, cependant, c'était le bruit assourdissant.
हालाँकि, उनकी सबसे बड़ी चिंता तेज़ आवाज़ थी।

Le bruit fracassant effrayerait tous les occupants de la maison.
टक्कर की आवाज़ से घर में सभी लोग डर जाते थे।

Peut-être que le bruit fort ne les terrifierait pas.
शायद वे तेज़ आवाज़ से नहीं डरेंगे।

Mais ils seraient certainement inquiets s'ils l'apprenaient.
लेकिन अगर वे सुनेंगे तो वे ज़रूर चिंतित होंगे।

Mais il fallait prendre le risque d'attirer l'attention.
लेकिन ध्यान खींचने का रिस्क तो उठाना ही था।

La nouvelle méthode s'apparentait davantage à un jeu qu'à un effort.
नया तरीका कोशिश से ज़्यादा एक खेल था।

Il devait balancer son corps par mouvements brusques et saccadés.
उसे अपने शरीर को अचानक और झटकेदार हरकतों से हिलाना पड़ता था।

Gregor était déjà à moitié sorti du lit.
ग्रेगर पहले ही बिस्तर से आधा बाहर आ चुका था।

Une nouvelle idée venait de lui traverser l'esprit.
अब उसके मन में एक नया विचार आया।

« Tout serait si facile si quelqu'un venait à mon secours. »
"अगर कोई मेरी मदद के लिए आ जाए तो यह सब बहुत आसान हो जाएगा।"

« Deux personnes fortes suffiraient amplement. »
"दो मजबूत लोग पूरी तरह से काफी होंगे।"

Son père et la servante seraient assez forts.
उसके पिता और नौकरानी काफी मजबूत होंगे।

Il leur suffirait de glisser leurs bras sous son dos.
उन्हें बस अपनी बाहें उसकी पीठ के नीचे सरकानी होंगी।

Et ensuite, ils pourraient facilement le sortir du lit.
और फिर वे उसे आसानी से बिस्तर से बाहर निकाल सकते थे।

Peut-être auraient-ils dû réduire son poids progressivement.
शायद उन्हें धीरे-धीरे उसका वज़न कम करना पड़ता।

Alors, espérons-le, les jambes auraient trouvé leur utilité.
उम्मीद है कि तब पैरों को अपना मकसद मिल गया होगा।

« Ne serait-il pas préférable, après tout, de demander de
l'aide ? »
"क्या मदद के लिए फ़ोन करना बेहतर नहीं होगा?"

Le problème, bien sûr, c'est qu'il avait verrouillé les portes.
समस्या यह थी कि उसने दरवाज़े बंद कर दिए थे।

Il y avait quelque chose dans cette idée qui le chatouillait.
इस विचार में कुछ ऐसा था जो उसे गुदगुदाता था।

Et malgré ses difficultés, il ne put réprimer un sourire.
और अपनी मुश्किलों के बावजूद, वह अपनी मुस्कान को दबा नहीं सका।

Il était déjà sur le point de perdre l'équilibre.
अब वह अपना बैलेंस खोने के करीब था।

Chaque balancement le rapprochait un peu plus du moment
où il basculerait du lit.
हर झटके के साथ वह बिस्तर से गिरने के करीब आ रहा था।

Il allait bientôt devoir prendre la décision finale.
जल्द ही उसे आखिरी फैसला लेना था।

Dans cinq minutes, il serait sept heures et quart.
पांच मिनट में सवा सात बजने वाले थे।

Tandis qu'il était plongé dans ces pensées, la sonnette
retentit.
जब वह ये सोच रहा था, तभी दरवाज़े की घंटी बजी।

« C'est quelqu'un du bureau », se dit-il.
"यह ऑफिस से कोई है," उसने खुद से कहा।

Et il fut presque paralysé de peur à cause du visiteur.
और वह विज़िटर के कारण डर के मारे लगभग जम गया।

Ses jambes s'agitaient encore plus sauvagement
qu'auparavant.
उसके पैर पहले से भी ज़्यादा ज़ोर से नाच रहे थे।

Mais ensuite, pendant un instant, tout resta silencieux.
लेकिन फिर, एक पल के लिए सब कुछ शांत हो गया।

« Ils n'ouvriront pas la porte », se dit Gregor.
"वे दरवाज़ा नहीं खोलेंगे, " ग्रेगर ने खुद से कहा।

Il était encore prisonnier d'un espoir insensé.
वह अभी भी किसी बेकार की उम्मीद में फंसा हुआ था।

Mais ensuite, bien sûr, la bonne s'est dirigée vers la porte.
लेकिन फिर, ज़ाहिर है, नौकरानी दरवाज़े तक चली गई।

Et, comme toujours, elle ouvrit la porte au visiteur.
और, हमेशा की तरह, उसने विज़िटर के लिए दरवाज़ा खोला।

Gregor n'avait besoin d'entendre que les premiers mots de
bienvenue du visiteur.
ग्रेगर को बस विज़िटर का पहला अभिवादन सुनने की ज़रूरत थी।

Il a tout de suite compris qui était venu le chercher.
वह तुरंत बता सकता था कि उसके लिए कौन आया था।

Le chef de bureau en personne était venu prendre des
nouvelles de Samsa.
चीफ क्लर्क खुद समसा का हालचाल जानने आया था।

Pourquoi Gregor était-il le seul à être condamné à un tel sort
?
ग्रेगर को ही इस तरह की सजा क्यों दी गई?

Pourquoi lui seul a-t-il dû servir dans une telle organisation
?
सिर्फ़ उन्हें ही ऐसे संगठन में काम क्यों करना पड़ा?

Le moindre oubli éveillait immédiatement les soupçons.
थोड़ी सी भी चूक से तुरंत शक पैदा हो जाता था।

Tous les employés qui travaillaient là-bas étaient-ils des
scélérats ?
क्या वहां काम करने वाले सभी कर्मचारी बदमाश थे?

N'y avait-il donc parmi eux aucune personne fidèle et
dévouée ?
क्या उनमें कोई वफ़ादार और समर्पित इंसान नहीं था?

N'auraient-ils pas pu simplement envoyer un apprenti ?
क्या वे किसी अप्रेंटिस को नहीं भेज सकते थे?

Toutes ces interrogations étaient-elles vraiment nécessaires ?
क्या ये सारे सवाल-जवाब वाकई ज़रूरी थे?

Le représentant autorisé devait-il se déplacer en personne ?
क्या ऑथराइज़्ड रिप्रेज़ेंटेटिव को खुद आना पड़ा?

Fallait-il vraiment informer toute la famille innocente ?
क्या पूरे बेगुनाह परिवार को बताना ज़रूरी था?

Toutes ces considérations ont poussé Gregor à agir.
इन सभी बातों ने ग्रेगर को एक्शन लेने पर मजबूर कर दिया।

Il se hissa hors du lit de toutes ses forces.
वह पूरी ताकत से बिस्तर से बाहर निकला।

Il y a eu une forte détonation, mais ce n'était pas vraiment
un bruit.
एक ज़ोरदार धमाका हुआ, लेकिन असल में वह कोई शोर नहीं था।

La chute avait été légèrement amortie par le tapis.
कालीन की वजह से गिरावट थोड़ी नरम हो गई थी।

Son dos était plus élastique que Gregor ne l'avait imaginé.
उसकी पीठ ग्रेगर की सोच से ज़्यादा लचीली थी।

Le son était donc plus sourd et moins perceptible.
इसलिए आवाज़ ज़्यादा धीमी थी, और ज़्यादा ध्यान देने लायक नहीं थी।

Mais il n'avait pas fait attention à sa tête pendant sa chute.
लेकिन गिरने के दौरान उसने अपने सिर का ध्यान नहीं रखा था।

Et lorsqu'il a touché le sol, il s'est aussi cogné la tête.
और जब वह ज़मीन पर गिरा तो उसका सिर भी टकरा गया।

Il se frotta la tête sur le tapis, en colère et souffrant.
गुस्से और दर्द में उसने अपना सिर कालीन पर रगड़ा।

Mais le gérant, qui se trouvait dans la pièce d'à côté, a
entendu le bruit.
लेकिन बगल वाले कमरे में बैठे मैनेजर ने शोर सुन लिया।

« Quelque chose est tombé là-dedans », a-t-il observé avec
justesse.

"वहाँ कुछ गिरा था," उसने सही कहा।

Gregor essaya d'imaginer le manager dans sa situation.
ग्रेगर ने मैनेजर को अपनी स्थिति में कल्पना करने की कोशिश की।

« La même chose pourrait-elle lui arriver ? » se demanda-t-il.
"क्या उसके साथ भी ऐसा ही हो सकता है?" उसने सोचा।

Il a admis que cet étrange événement pouvait être possible.
उन्होंने माना कि यह अजीब घटना हो सकती है।

Puis le chef de bureau fit quelques pas vers la pièce.
और फिर चीफ क्लर्क कमरे की ओर कुछ कदम बढ़ा।

C'était presque une réponse grossière à la question qu'il
avait posée.
यह उनके पूछे गए सवाल का लगभग कच्चा जवाब था।

Ses bottes en cuir grinçaient lorsqu'il s'approcha de la porte.
जैसे ही वह दरवाज़े के पास पहुँचा, उसके चमड़े के जूते चरमराने लगे।

Depuis la pièce située à sa droite, sa servante lui chuchota
quelque chose.
उनके दाहिनी ओर के कमरे से उनकी नौकरानी ने फुसफुसाकर कहा।

"Gregor, le représentant autorisé est ici."
"ग्रेगर, ऑथराइज़्ड रिप्रेज़ेंटेटिव यहाँ है।"

« Je sais », dit Gregor, mais seulement à voix basse pour lui-
même.
"मुझे पता है," ग्रेगर ने कहा, लेकिन सिर्फ़ अपने आप से।

Il n'osait pas élever la voix au-dessus d'un murmure.
वह फुसफुसाहट से ज़्यादा अपनी आवाज़ उठाने की हिम्मत नहीं कर
पाया।

Parce que Gregor ne voulait pas que sa sœur l'entende.
क्योंकि ग्रेगर नहीं चाहता था कि उसकी बहन उसकी बात सुन ले।

« Gregor », dit le père depuis la pièce de gauche.
"ग्रेगर," बाई ओर के कमरे से पिता ने कहा।

«Le responsable est venu vérifier quel est le problème.»
"मैनेजर यह देखने आया है कि प्रॉब्लम क्या है।"

« Il vous a demandé pourquoi vous n'aviez pas pris le premier train. »
"उसने पूछा कि तुम सुबह की ट्रेन से क्यों नहीं निकले।"

« Nous ne savons pas quoi lui dire », a déclaré le père.
पिता ने कहा, "हमें नहीं पता कि उससे क्या कहना है।"

« D'ailleurs, il souhaite également vous parler personnellement. »
"वैसे, वह आपसे पर्सनली भी बात करना चाहता है।"

« Veuillez ouvrir la porte, afin qu'il puisse vous parler. »
"प्लीज़ दरवाज़ा खोलिए, ताकि वह आपसे बात कर सके।"

« Il aura la gentillesse d'excuser le désordre dans la chambre. »
"वह कमरे में गंदगी को माफ़ कर देंगे।"

« Bonjour, Monsieur Samsa », lui lança le directeur.
"गुड मॉर्निंग, मिस्टर समसा," मैनेजर ने उन्हें पुकारा।

Et il lui a certainement parlé de manière amicale.
और उन्होंने ज़रूर उससे दोस्ताना तरीके से बात की।

« Il ne se sent pas bien », dit la mère au gérant.
"वह ठीक नहीं है," माँ ने मैनेजर से कहा।

« Il ne va pas bien du tout, croyez-moi, cher manager. »
"वह बिल्कुल ठीक नहीं है, मेरा विश्वास करो, प्रिय मैनेजर।"

« Sinon, pourquoi Gregor aurait-il raté le train du matin ? »
"नहीं तो ग्रेगर सुबह की ट्रेन क्यों मिस करेगा?"

«Le garçon ne pense qu'à ses affaires.»
"लड़के के दिमाग में बिज़नेस के अलावा कुछ नहीं है।"

« Cela m'agace presque qu'il ne fasse rien d'autre. »
"मुझे इस बात से गुस्सा आता है कि वह और कुछ नहीं करता।"

« J'aimerais qu'il sorte le soir pour prendre l'air. »
"काश वह शाम को ताज़ी हवा के लिए बाहर जाता।"

« Il était en ville pendant huit jours pour affaires. »
"वह बिज़नेस के लिए आठ दिनों तक शहर में था।"

« Mais il était chez lui tous les soirs. »

"लेकिन फिर वह हर शाम घर पर ही रहता था"

«Il s'assoit à notre table et lit le journal.»
"वह हमारी टेबल पर बैठकर अखबार पढ़ता है।"

« À d'autres moments, il étudie les horaires des trains. »
"दूसरे समय में, वह ट्रेनों के टाइमटेबल पढ़ता है।"

«Il lui arrive de s'occuper en faisant de la menuiserie.»
"कभी-कभी वह खुद को बढ़ईगीरी में व्यस्त रखता है।"

« Par exemple, il a sculpté un petit cadre photo en bois. »
"उदाहरण के लिए, उसने एक छोटा लकड़ी का पिक्चर फ्रेम बनाया।"

« Pendant deux ou trois soirées, il était occupé avec la scie. »
"दो या तीन शाम तक वह आरी चलाने में व्यस्त था।"

«Vous serez étonné(e) de voir à quel point le cadre photo est joli.»
"आप हैरान रह जाएंगे कि पिक्चर फ्रेम कितना सुंदर है।"

«Il a accroché le cadre photo dans sa chambre.»
"उसने अपने कमरे में पिक्चर फ्रेम टांग दिया है।"

« Quand il ouvrira la porte, vous verrez ses boiseries. »
"जब वह दरवाज़ा खोलेगा तो आप उसकी लकड़ी की कारीगरी देखेंगे।"

« Au fait, je suis ravi que vous soyez ici, Monsieur Prokurist. »
"वैसे, मुझे खुशी है कि आप यहाँ हैं, मिस्टर प्रोकुरिस्ट।"

« Nous n'aurions pas pu, à nous seuls, forcer Gregor à ouvrir la porte. »
"हम अकेले ग्रेगर से दरवाज़ा नहीं खुलवा सकते थे।"

« Il est tellement têtu », a avoué sa mère au vendeur.
"वह बहुत जिद्दी है," उसकी माँ ने क्लर्क से कहा।

« Il est certainement malade, même s'il l'a nié auparavant. »
"वह निश्चित रूप से बीमार हैं, हालांकि उन्होंने पहले इससे इनकार किया था।"

« J'arrive tout de suite », dit Gregor lentement et prudemment.

"मैं अभी आता हूँ," ग्रेगर ने धीरे और सावधानी से कहा।

Mais il ne fit aucun mouvement vers la porte de la pièce.
लेकिन उसने कमरे के दरवाज़े की तरफ़ कोई हरकत नहीं की।

Il ne voulait pas perdre un seul mot de la conversation.
वह बातचीत का एक भी शब्द नहीं खोना चाहता था।

Le chef de bureau a approuvé l'évaluation de la mère.
चीफ क्लर्क मां के असेसमेंट से सहमत था।

« Je ne peux pas l'expliquer autrement non plus, madame. »
"मैं इसे किसी और तरीके से भी नहीं समझा सकता, मैडम।"

« Espérons tous qu'il ne souffre d'aucune maladie grave », a-t-il déclaré.
उन्होंने कहा, "हम सब उम्मीद करें कि उन्हें कोई गंभीर बीमारी नहीं है।"

« D'un autre côté, c'est un risque pour notre secteur. »
"दूसरी ओर, यह हमारी इंडस्ट्री में एक खतरा है।"

« Nous, les hommes d'affaires, devons souvent surmonter un certain malaise. »
"हम बिज़नेस करने वालों को अक्सर परेशानी से निपटना पड़ता है।"

« Les professionnels doivent simplement faire abstraction des petites douleurs. »
"प्रोफेशनल्स को बस थोड़ी सी तकलीफ़ों से गुज़रना पड़ता है।"

Pendant ce temps, son père frappa de nouveau à l'autre porte.
इस बीच उसके पिता ने फिर से दूसरे दरवाजे पर दस्तक दी।

« Le chef de bureau peut-il entrer maintenant ? » demanda-t-il.
"क्या अब चीफ क्लर्क अंदर आ सकते हैं?" वह जानना चाहता था।

« Non, il ne peut pas », répondit Gregor à la question de son père.
"नहीं, वह ऐसा नहीं कर सकता," ग्रेगर ने अपने पिता के सवाल पर जवाब दिया।

Un silence gênant s'installa dans la pièce de gauche.
बाई ओर के कमरे में एक अजीब सी खामोशी छा गई।

Dans la pièce de droite, la sœur se mit à sangloter.
दाहिनी ओर के कमरे में बहन रोने लगी।

Pourquoi la sœur n'était-elle pas partie rejoindre les autres ?
बहन दूसरों के साथ क्यों नहीं गई?

Elle venait probablement de se lever, pensa-t-il.
उसने सोचा, शायद वह अभी-अभी बिस्तर से उठी होगी।

Elle n'a peut-être même pas encore commencé à s'habiller.
हो सकता है कि उसने अभी तक कपड़े पहनना भी शुरू नहीं किया हो।

Mais Gregor ne comprenait pas pourquoi elle pleurait.
लेकिन ग्रेगर समझ नहीं पा रहा था कि वह क्यों रो रही है।

Était-ce parce qu'il ne s'était pas levé pour laisser entrer le directeur ?
क्या ऐसा इसलिए हुआ क्योंकि वह उठा नहीं और मैनेजर को अंदर नहीं आने दिया?

Était-ce parce qu'il risquait de perdre son emploi ?
क्या ऐसा इसलिए था क्योंकि उसे अपनी नौकरी खोने का खतरा था?

Le patron pourrait-il s'en prendre aux parents comme avant ?
क्या बॉस पहले की तरह माता-पिता के पीछे पड़ सकता है?

Allait-il leur formuler à nouveau les mêmes exigences qu'auparavant ?
क्या वह उनसे फिर से पुरानी मांगें करने वाला था?

Il n'y avait probablement pas lieu de s'inquiéter de ces choses-là.
इन बातों के बारे में शायद चिंता करने की ज़रूरत नहीं थी।

Pour le moment, elle n'avait aucune raison de pleurer.
फिलहाल उसके पास रोने का कोई कारण नहीं था।

Gregor était toujours là, subvenant aux besoins de sa famille.
ग्रेगर अभी भी यहीं था और परिवार का खर्च चला रहा था।

Et il n'a jamais eu l'intention de quitter sa famille.
और उनका कभी भी परिवार छोड़ने का कोई इरादा नहीं था।

Pour le moment, il restait simplement allongé là, sur le tapis.

कुछ देर के लिए वह वहीं कालीन पर लेटा रहा।

La famille ignorait son état.
परिवार को नहीं पता था कि वह किस हालत में है।

S'ils avaient su, ils n'auraient pas encouragé son patron.
अगर उन्हें पता होता तो वे उसके बॉस को बढ़ावा नहीं देते।

Ils n'auraient même pas laissé entrer le gérant.
उन्होंने मैनेजर को भी घर में नहीं आने दिया।

Le refouler n'aurait pas été particulièrement impoli.
उसे मना करना कोई खास बुरा बर्ताव नहीं होता।

Il aurait facilement pu trouver une excuse convenable plus tard.
बाद में वह आसानी से कोई सही बहाना ढूंढ सकता था।

Ce n'était pas un motif de licenciement.
यह ऐसी बात नहीं थी जिसके लिए उन्हें नौकरी से निकाला जा सकता था।

Gregor pensait qu'il serait plus judicieux de le laisser tranquille désormais.
ग्रेगर को लगा कि अब अकेले रहना ज़्यादा समझदारी होगी।

Le déranger en pleurant et en parlant n'a pas beaucoup aidé.
उसे रोकर और बात करके परेशान करने से कुछ खास फायदा नहीं हुआ।

Mais c'était l'incertitude qui inquiétait les autres.
लेकिन यह अनिश्चितता थी जो दूसरों को परेशान कर रही थी।

Et c'est cette incertitude qui a excusé leur comportement.
और इसी अनिश्चितता ने उनके व्यवहार को सही ठहराया।

« Monsieur Samsa », appela le directeur d'une voix forte.
"मिस्टर समसा," मैनेजर ने ऊंची आवाज़ में पुकारा।

« Qu'est-ce qui se passe avec toi ? » a-t-il voulu savoir.
"तुम्हारे साथ क्या हो रहा है?" वह जानना चाहता था।

« Tu t'es barricadé dans ta chambre. »
"आपने अपने कमरे में खुद को बंद कर लिया है।"

«Vous ne pouvez répondre que par «oui» ou «non».»

"आप केवल 'हां' या 'नहीं' में उत्तर दें।"

«Vous causez de sérieux soucis à vos parents.»
"तुम अपने माता-पिता को बहुत परेशान कर रहे हो।"

« Je ne vois pas de bonne raison de les inquiéter. »
"मुझे कोई अच्छा कारण नहीं दिख रहा कि आप उन्हें क्यों परेशान कर रहे हैं।"

« Il y a une autre chose que je mentionnerai en passant. »
"एक और बात है जो मैं चलते-चलते बताना चाहूंगा।"

«Vous négligez également vos obligations professionnelles envers nous.»
"आप हमारे प्रति अपने बिज़नेस के कामों को भी नज़रअंदाज़ कर रहे हैं।"

« Une telle irresponsabilité ne vous ressemble pas du tout. »
"ऐसी गैरजिम्मेदारी आपके स्वभाव से बिल्कुल अलग है।"

« Je parle ici au nom de vos parents et de votre patron. »
"मैं यहां आपके माता-पिता और आपके बॉस की ओर से बोल रहा हूं।"

« Et je vous demande une explication immédiate et claire. »
"और मैं आपसे तुरंत और साफ़ एक्सप्लेनेशन मांगता हूं।"

« Je dois dire que tout cela m'étonne vraiment. »
"मुझे कहना होगा कि यह पूरी बात मुझे सच में हैरान करती है।"

« Je pensais vous connaître comme une personne calme et raisonnable. »
"मुझे लगा कि मैं आपको एक शांत और समझदार इंसान के तौर पर जानता हूँ।"

« Mais maintenant, tu nous montres une autre facette de toi. »
"लेकिन अब आप हमें अपना एक अलग रूप दिखा रहे हैं।"

«Vous faites soudain preuve de vos caprices très particuliers.»
"अचानक से तुम अपनी अजीब हरकतें दिखा रहे हो।"

« Mais il pourrait y avoir une explication à votre échec. »

"लेकिन आपकी नाकामी के लिए कोई वजह हो सकती है।"

« Le patron a mentionné une dette que vous aviez recouvrée pour nous. »
"बॉस ने उस कर्ज़ का ज़िक्र किया जो आपने हमारे लिए वसूला था।"

« J'ai donné ma parole d'honneur au patron en votre nom. »
"मैंने आपकी तरफ से बॉस को अपनी कसम दी है।"

« Mais maintenant je vois votre obstination incompréhensible. »
"लेकिन अब मुझे तुम्हारी समझ से परे ज़िद दिख रही है।"

« Je pourrais encore perdre toute envie de vous aider. »
"हो सकता है कि मैं अब भी आपकी मदद करने की अपनी इच्छा खो दूं।"

«Votre sécurité d'emploi n'est en aucun cas totalement stable.»
"आपकी जॉब सिक्योरिटी किसी भी तरह से पूरी तरह स्टेबल नहीं है।"

« À l'origine, je comptais vous dire tout cela en privé. »
"असल में मेरा इरादा आपको यह सब अकेले में बताने का था।"

« Mais maintenant je vois que vous voulez que je perde mon temps ici. »
"लेकिन अब मैं देख रहा हूँ कि आप चाहते हैं कि मैं यहाँ अपना समय बर्बाद करूँ।"

«Je ne vois donc aucune raison pour que vos parents ne le sachent pas.»
"तो मुझे कोई कारण नहीं दिखता कि आपके माता-पिता को पता क्यों नहीं होना चाहिए।"

«Vos récentes performances n'ont pas été satisfaisantes.»
"आपका हालिया प्रदर्शन संतोषजनक नहीं रहा है।"

« Je reconnais que les ventes sont plus lentes à cette période de l'année. »
"मैं मानता हूं कि साल के इस समय बिक्री धीमी है।"

« Mais il n'y a pas de période de l'année où il n'y a pas de ventes. »

"लेकिन साल का कोई भी समय ऐसा नहीं होता जब बिक्री न हो।"

Pendant un instant, Gregor oublia tout ce qui l'entourait.
एक पल के लिए ग्रेगर अपने आस-पास की हर चीज़ भूल गया।

« Mais Monsieur Prokurist ! » s'écria Gregor, désespéré.
"लेकिन मिस्टर प्रोकुरिस्ट," ग्रेगर निराशा में चिल्लाया।

« J'ouvre la porte tout de suite, maintenant, ne vous inquiétez pas. »
"मैं अभी दरवाज़ा खोल दूँगा, चिंता मत करो।"

«Le problème, c'est que je ne me sens pas très bien.»
"समस्या यह है कि मैं काफी अस्वस्थ महसूस कर रहा हूं।"

« Mes vertiges m'ont empêché d'atteindre la porte. »
"मुझे चक्कर आने की वजह से मैं दरवाज़े तक नहीं पहुँच पाया।"

« Je suis encore au lit, mais je me sens beaucoup mieux. »
"मैं अभी भी बिस्तर पर लेटा हुआ हूँ, लेकिन मुझे बहुत बेहतर महसूस हो रहा है।"

«Un instant, s'il vous plaît, je viens de me lever.»
"एक मिनट रुकिए, मैं अभी बिस्तर से उठ रहा हूँ।"

« Un instant de patience, c'est tout ce que je vous demande, Monsieur Prokurist. »
"मिस्टर प्रोकुरिस्ट, मैं बस एक पल का सब्र चाहता हूँ।"

« Ça ne se passe pas aussi bien que je le pensais, mais ça ira. »
"जैसा मैंने सोचा था, सब ठीक नहीं चल रहा है, लेकिन मैं ठीक हो जाऊंगा।"

« Comment une telle chose peut-elle arriver à une personne aussi rapidement ? »
"किसी व्यक्ति के साथ इतनी जल्दी ऐसा कैसे हो सकता है?"

« Je me sentais bien hier soir, mes parents le savent. »
"कल रात मैं ठीक महसूस कर रहा था, मेरे माता-पिता यह जानते हैं।"

« Mais peut-être avais-je déjà un petit pressentiment à ce moment-là. »

"लेकिन शायद मुझे पहले से ही थोड़ा सा अंदाज़ा हो गया था।"

«Vous pourriez vous demander pourquoi je ne l'ai pas signalé au bureau.»
"आप पूछ सकते हैं कि मैंने इसकी रिपोर्ट ऑफिस में क्यों नहीं की।"

« Je pensais que je me sentirais beaucoup mieux demain matin. »
"मुझे लगा कि सुबह मैं फिर से बेहतर महसूस करूंगा।"

« On pense toujours qu'ils auront vaincu la maladie d'ici là. »
"हमेशा यही लगता है कि तब तक वे बीमारी को हरा देंगे।"

« Mais je vous en prie ! Épargnez mes parents de ces accusations ! »
"लेकिन प्लीज़! मेरे माता-पिता को इन इल्ज़ामों से बचा लो!"

« On ne m'a pas dit un mot de ce que vous m'avez dit. »
"आपने जो कुछ भी मुझे बताया है, उसके बारे में मुझे एक शब्द भी नहीं बताया गया है।"

« Il se peut que vous n'ayez pas lu les dernières commandes que j'ai envoyées. »
"हो सकता है कि आपने मेरे भेजे गए पिछले ऑर्डर नहीं पढ़े हों।"

« Au fait, vous n'avez pas à vous inquiéter pour moi aujourd'hui. »
"वैसे, आज आपको मेरी चिंता करने की ज़रूरत नहीं है।"

«Je vais quand même prendre le train de huit heures.»
"मैं अभी भी आठ बजे की ट्रेन लेने जा रहा हूँ।"

« Ces quelques heures de repos m'ont suffisamment revigoré. »
"कुछ घंटों के आराम ने मुझे काफी ताकत दी है।"

« Vous n'avez vraiment pas besoin d'attendre, manager. »
"मैनेजर, आपको इंतज़ार करने की कोई ज़रूरत नहीं है।"

« Moi aussi, je serai bientôt au bureau. »
"मैं भी बहुत जल्द ऑफिस में आ जाऊंगा।"

« Et s'il vous plaît, ayez la gentillesse de dire un mot en ma faveur. »
"और कृपया मेरे लिए एक अच्छी बात कहें।"

Gregor avait donné son explication assez précipitamment.
ग्रेगर ने अपनी बात बहुत जल्दी में कही थी।

Il ne savait pas vraiment ce qu'il essayait de dire.
उसे शायद ही पता था कि वह असल में क्या कहना चाह रहा था।

Il s'est approché de la boîte et a essayé de s'en servir pour se lever.
वह बॉक्स के पास गया और खड़े होने के लिए उसका इस्तेमाल करने की कोशिश की।

Il avait vraiment l'intention d'ouvrir la porte.
उसका सच में दरवाज़ा खोलने का पूरा इरादा था।

Il souhaitait être reçu par le représentant autorisé.
वह चाहता था कि ऑथराइज़्ड रिप्रेज़ेंटेटिव उससे मिले।

Et il voulait régler le problème avec lui personnellement.
और वह खुद उसके साथ मिलकर प्रॉब्लम सॉल्व करना चाहते थे।

Il était impatient de savoir comment les autres réagiraient à son égard.
वह यह जानने के लिए उत्सुक था कि दूसरे लोग उस पर क्या प्रतिक्रिया देंगे।

Ils doivent maintenant être impatients de savoir comment il va.
अब तो वे भी यह देखने के लिए उत्सुक होंगे कि वह कैसा है।

Il y avait deux façons possibles dont ils pouvaient réagir face à lui.
उनके पास उस पर रिएक्ट करने के दो तरीके थे।

Une possibilité était qu'ils aient peur.
एक संभावना यह थी कि वे डर जाएंगे।

S'ils avaient peur, alors il n'en était pas responsable.
अगर वे डरे हुए थे तो उसकी कोई ज़िम्मेदारी नहीं थी।

Et alors, il n'aurait plus à s'inquiéter de la situation.

और फिर उसे स्थिति के बारे में चिंता करने की ज़रूरत नहीं होगी।

Mais il y avait aussi une autre possibilité à envisager.
लेकिन इसके बारे में सोचने के लिए एक और संभावना भी थी।

Peut-être accepteraient-ils sereinement sa personnalité.
शायद वे शांति से उसे वैसे ही स्वीकार कर लेंगे जैसा वह था।

Gregor n'aurait alors aucune raison de se fâcher non plus.
तब ग्रेगर के पास भी परेशान होने का कोई कारण नहीं होगा।

Il y aurait encore assez de temps pour prendre le train.
ट्रेन पकड़ने के लिए अभी भी काफी समय होगा।

Cependant, se tenir debout n'était pas une tâche facile.
हालाँकि, सीधा खड़ा होना कोई आसान काम नहीं था।

Lors de ses premières tentatives, il a glissé hors de la boîte.
अपनी पहली कई कोशिशों में वह बॉक्स से फिसल गया।

La boîte était trop lisse pour qu'il puisse s'y appuyer.
बक्सा इतना चिकना था कि वह उसके सामने खड़ा नहीं हो सका।

Et finalement, il se donna un dernier effort pour se relever.
और आखिरकार उसने खड़े होने के लिए खुद को एक आखिरी धक्का
दिया।

**Il ne prêta plus attention à la douleur qu'il ressentait à
l'abdomen.**
उसने अपने पेट के दर्द पर कोई ध्यान नहीं दिया।

Peu importe l'intensité de la douleur, il la surmonterait.
चाहे कितना भी दर्द हो, वह उससे उबर जाएगा।

Il se laissa tomber contre le dossier d'une chaise voisine.
वह पास की कुर्सी के पीछे गिर गया।

Et il s'accrochait aux bords avec ses petites jambes.
और उसने अपने छोटे पैरों से किनारों को पकड़ रखा था।

À ce stade, il avait repris le contrôle de lui-même.
इस समय तक उसे खुद पर ज़्यादा कंट्रोल मिल गया था।

Et sa chute fut plus silencieuse que la précédente.
और उसका पतन पिछले पतन से ज़्यादा चुपचाप हुआ।

Parce qu'il devait écouter ce que disait le manager.
क्योंकि उसे मैनेजर की बात सुननी थी।

« Avez-vous compris quelque chose à tout cela ? » demanda-t-il aux parents.
"क्या आपको यह सब समझ में आया?" उसने माता-पिता से पूछा।

« Il ne se moquerait pas de nous, n'est-ce pas ? »
"वह हमें बेवकूफ़ तो नहीं बनाएगा, है न?"

« Pour l'amour de Dieu ! » s'écria la mère, déjà en larmes.
"भगवान के लिए," माँ ने रोते हुए कहा।

« Il est peut-être gravement malade et nous le tourmentons. »
"हो सकता है कि वह गंभीर रूप से बीमार हो और हम उसे परेशान कर रहे हों।"

« Grete ! Grete ! » cria-t-elle à sa fille.
"ग्रेटे! ग्रेटे!" वह बेटी से चिल्लाई।

« Maman ? » appela la sœur de l'autre côté.
"माँ?" दूसरी तरफ से बहन ने पुकारा।

Ils ont ensuite communiqué par l'intermédiaire de la chambre de Gregor.
फिर उन्होंने ग्रेगर के कमरे से बातचीत की।

« Gregor est très malade et il a besoin de médicaments. »
"ग्रेगर बहुत बीमार है और उसे दवा की ज़रूरत है।"

«Vous devrez aller chez le médecin immédiatement.»
"तुम्हें तुरंत डॉक्टर के पास जाना होगा।"

« Tu as entendu comment Gregor parlait tout à l'heure ? »
"क्या तुमने सुना कि ग्रेगर ने अभी कैसे बात की?"

« C'était la voix d'un animal », a déclaré le gérant.
मैनेजर ने कहा, "यह किसी जानवर की आवाज़ थी।"

Ses paroles étaient douces comparées aux cris de la mère.
माँ की चीखों की तुलना में उसके शब्द शांत थे।

« Anna ! Anna ! » appela le père depuis l'antichambre.
"अन्ना! अन्ना!" पिता ने एंटरूम से पुकारा।

Et il a claqué des mains pour attirer leur attention.
और उन्होंने उनका ध्यान खींचने के लिए ताली बजाई।

« Appelez immédiatement un serrurier ! » ordonna-t-il à la bonne.
"तुरंत एक ताला बनाने वाले को बुलाओ!" उसने नौकरानी को आदेश दिया।

Les filles, en jupes, traversèrent l'antichambre en courant.
लड़कियाँ अपनी स्कर्ट पहने हुए, एंटरूम से भागीं।

Et leurs jupes bruissaient lorsqu'elles passèrent en courant devant sa chambre.
और जब वे उसके कमरे के पास से भागीं तो उनकी स्कर्ट में सरसराहट हुई।

« Comment sa sœur a-t-elle fait pour s'habiller si vite ? » se demanda-t-il.
"बहन ने इतनी जल्दी कैसे कपड़े पहन लिए?" उसने सोचा।

La porte a été arrachée, mais elle n'a pas été claquée.
दरवाज़ा तो टूट गया था, लेकिन उसे ज़ोर से बंद नहीं किया गया था।

C'est fréquent dans les maisons où survient un grand malheur.
यह उन घरों में आम बात है जहां कोई बड़ी मुसीबत आती है।

Mais tout cela avait considérablement apaisé Gregor.
लेकिन इन सब बातों से ग्रेगर काफी शांत हो गया था।

Quand il entendait ses propres paroles, elles lui paraissaient claires.
जब उसने अपनी बातें सुनीं तो वे उसे साफ़ लगीं।

En fait, il estimait que ses paroles avaient été plus claires.
असल में उसे लगा कि उसकी बातें ज़्यादा साफ़ हो गई थीं।

Mais les autres ne comprenaient plus ce qu'il disait.
लेकिन बाकी लोगों को अब समझ नहीं आ रहा था कि वह क्या कह रहा है।

Peut-être s'était-il habitué à ses oreilles à ce moment-là.

शायद अब तक उसे अपने कानों की आदत हो गई थी।

Mais au moins, ils comprenaient maintenant mieux sa situation.
लेकिन कम से कम अब वे उसकी स्थिति को बेहतर ढंग से समझ गए थे।

Ils se sont rendu compte qu'il y avait vraiment quelque chose qui n'allait pas chez lui.
उन्हें एहसास हुआ कि सच में उसके साथ कुछ गड़बड़ है।

Et ils faisaient maintenant tout leur possible pour l'aider.
और अब वे उसकी मदद करने के लिए हरसंभव कोशिश कर रहे थे।

Cela redonna à Gregor un sentiment de confiance qui lui manquait.
इससे ग्रेगर को आत्मविश्वास की वह भावना मिली जो उसमें नहीं थी।

Et il se sentait de nouveau beaucoup plus en sécurité au sein de sa famille.
और उसे परिवार में फिर से ज़्यादा सुरक्षित महसूस होने लगा।

Il avait le sentiment d'être à nouveau intégré au cercle humain.
उसे लगा कि वह फिर से इंसानों के ग्रुप में शामिल हो गया है।

Il ne lui restait plus qu'à espérer que le serrurier puisse ouvrir la porte.
अब उसे उम्मीद करनी थी कि ताला बनाने वाला दरवाज़ा खोल देगा।

Et il espérait que le médecin serait capable d'accomplir de telles tâches.
और उन्हें उम्मीद थी कि डॉक्टर ऐसे काम कर सकेंगे।

Il allait bientôt devoir reprendre la parole.
उसे जल्द ही फिर से ज़्यादा बातें करनी होंगी।

Il allait falloir que sa voix soit aussi claire que possible.
उसकी आवाज़ जितनी हो सके साफ़ होनी चाहिए थी।

Pour se préparer à la réunion, il s'éclaircit la gorge.
मीटिंग की तैयारी के लिए उसने अपना गला साफ़ किया।

Il s'efforçait toutefois de tousser très discrètement.

हालाँकि, उन्होंने बहुत धीरे से खांसने की पूरी कोशिश की।

Ce bruit pouvait être différent d'une toux humaine.
यह आवाज़ इंसान की खांसी से अलग लग सकती है।

Il savait qu'il ne pouvait plus faire la différence entre de telles choses.
वह जानता था कि अब वह ऐसी चीज़ों में फ़र्क नहीं कर सकता।

Dans la pièce voisine, le silence était total.
अगले कमरे में पूरी तरह शांति हो गई थी।

Les parents étaient probablement assis à table.
माता-पिता शायद टेबल पर बैठे थे।

Ils chuchotaient peut-être avec le gérant.
वे शायद मैनेजर से कानाफूसी कर रहे होंगे।

Peut-être que tout le monde était appuyé contre la porte et écoutait.
शायद सब लोग दरवाज़े पर झुककर सुन रहे थे।

Gregor poussa lentement la chaise vers la porte.
ग्रेगर ने धीरे से कुर्सी को दरवाजे की ओर धकेला।

Il s'appuya contre la porte et se tint droit.
उसने दरवाज़े को धक्का दिया और खुद को सीधा खड़ा कर लिया।

Il a découvert que la plante de ses pieds était légèrement collée.
उसे पता चला कि उसके पैरों के तलवों में थोड़ा सा गोंद लगा हुआ था।

Et il se reposa là un instant, épuisé.
और वह थकान से कुछ देर के लिए वहीं आराम करने लगा।

Après s'être suffisamment reposé, il s'attela à la tâche suivante.
काफ़ी आराम करने के बाद, वह अगला काम करने लगा।

Il commença à tourner la clé dans la serrure avec sa bouche.
वह अपने मुंह से ताले में चाबी घुमाने लगा।

Malheureusement, il semblait qu'il n'avait pas de dents.
दुर्भाग्य से, ऐसा लग रहा था कि उसके पास असली दांत नहीं थे।

Mais quel autre moyen avait-il pour s'emparer des clés ?

लेकिन उसके पास चाबियाँ हथियाने का और क्या तरीका था?

Heureusement pour lui, ses mâchoires étaient bien sûr très fortes.
खुशकिस्मती से उसके जबड़े बहुत मजबूत थे।

Grâce à la force de ses mâchoires, il a vraiment réussi à faire bouger la clé.
अपने जबड़ों की मदद से उसने सच में चाबी को हिला दिया।

Il ne doutait pas qu'il se faisait du mal à lui-même également.
उसे इस बात में कोई शक नहीं था कि वह खुद को भी नुकसान पहुंचा रहा है।

Parce qu'un liquide brunâtre sortait de sa bouche.
क्योंकि उसके मुंह से भूरे रंग का लिक्विड निकल रहा था।

Le liquide brunâtre a coulé sur la clé et le long de la porte.
भूरे रंग का लिक्विड चाबी के ऊपर से बहकर दरवाज़े से नीचे चला गया।

Mais Gregor ne se souciait pas de se faire du mal.
लेकिन ग्रेगर को इस बात की परवाह नहीं थी कि वह खुद को नुकसान पहुंचा रहा है।

« Vous entendez ça ? » demanda le gérant dans la pièce voisine.
"क्या आप यह सुन सकते हैं?" अगले कमरे में मैनेजर ने कहा।

« Il tourne la clé », avait remarqué le gérant.
मैनेजर ने देखा, "वह चाबी घुमा रहा है।"

Ces paroles furent un grand encouragement pour Gregor.
ये शब्द ग्रेगर के लिए बहुत हिम्मत देने वाले थे।

Mais le père et la mère auraient également dû crier :
लेकिन पिता और माता को भी चिल्लाना चाहिए था:

« Bien joué, Gregor ! » auraient-ils dû lui crier.
"अच्छा, ग्रेगर," उन्हें उससे चिल्लाकर कहना चाहिए था।

«Continue, continue de tourner la clé, tu peux le faire.»
"चलते रहो, चाबी घुमाते रहो, तुम यह कर सकते हो।"

Mais Gregor dut plutôt imaginer leur enthousiasme.
लेकिन इसके बजाय ग्रेगर को उनके उत्साह की कल्पना करनी पड़ी।

Il serra les mâchoires de toutes ses forces.
उसने पूरी ताकत से अपने जबड़े भींच लिये।

Et il continua à tourner la clé dans la serrure.
और वह ताले में चाबी घुमाता रहा।

Son corps se tordit douloureusement en un cercle.
दर्द से उसका शरीर गोल-गोल घूम रहा था।

Il ne tenait plus debout qu'avec sa bouche.
अब वह सिर्फ़ अपने मुंह के सहारे खुद को सीधा रख रहा था।

Pour continuer à tourner la clé, il appuya contre la porte.
चाबी घुमाते रहने के लिए उसने दरवाज़े पर ज़ोर लगाया।

Finalement, le claquement de la serrure réveilla de nouveau Gregor.
आखिरकार ताला टूटने की आवाज़ से ग्रेगर फिर से जाग गया।

« Je n'avais donc pas besoin du serrurier », soupira-t-il de soulagement.
"तो मुझे ताला बनाने वाले की ज़रूरत नहीं पड़ी," उसने राहत की सांस ली।

Il ne lui restait plus qu'à ouvrir la porte qu'il avait déverrouillée.
अब उसे बस वह दरवाज़ा खोलना था जिसे उसने खोला था।

Et, la tête sur la poignée, il ouvrit la porte.
और हैंडल पर सिर रखकर उसने दरवाज़ा खोल दिया।

Il se trouvait derrière la porte qui donnait sur sa chambre.
वह दरवाज़े के पीछे था, जो उसके कमरे में खुलता था।

La porte était donc déjà ouverte avant même qu'on puisse le voir.
इसलिए उसे देखे जाने से पहले ही दरवाज़ा खुला हुआ था।

Il lui fallait ensuite se faufiler autour de la porte elle-même.
इसके बाद उसे दरवाज़े के चारों ओर खुद को घुमाना पड़ा।

Ce mouvement difficile a également nécessité beaucoup d'efforts.
इस मुश्किल मूवमेंट में भी बहुत मेहनत लगी।

Il ne voulait pas tomber maladroitement dans la pièce voisine.
वह अगले कमरे में अनाड़ीपन से गिरना नहीं चाहता था।

Il n'avait donc pas le temps de prêter attention à quoi que ce soit d'autre.
इसलिए उसके पास किसी और चीज़ पर ध्यान देने का समय नहीं था।

Mais il entendit alors le chef de bureau s'exclamer bruyamment : « Oh ! »
लेकिन तभी उसने चीफ क्लर्क को ज़ोर से "ओह!" कहते सुना।

On aurait dit que le vent soufflait en rafales dans la maison.
ऐसा लग रहा था जैसे हवा घर में तेज़ी से चल रही हो।

Il se trouvait être celui qui était le plus proche de la porte.
वह दरवाज़े के सबसे पास खड़ा था।

Et maintenant, en le voyant, il porta sa main à sa bouche.
और अब, उसे देखकर, उसने अपना हाथ अपने मुंह पर दबा लिया।

Il recula lentement, s'éloignant de Gregor.
वह धीरे-धीरे पीछे की ओर खिसका, ग्रेगर से दूर।

Mais c'était comme si une force invisible agissait sur lui.
लेकिन ऐसा लग रहा था जैसे कोई अदृश्य शक्ति उस पर काम कर रही हो।

La première chose que fit la mère fut de regarder le père.
माँ ने सबसे पहले पिता की ओर देखा।

Malgré la présence du gérant, ses cheveux étaient en désordre.
मैनेजर के होने के बावजूद उसके बाल बिखरे हुए थे।

Elle déplia les bras et fit deux pas en avant.
उसने अपनी बाहें फैलाईं और दो कदम आगे बढ़ी।

Mais elle s'est effondrée au milieu de sa jupe.
लेकिन फिर वह अपनी स्कर्ट के बीच में गिर गई।

Sa robe s'est étalée tout autour d'elle sur le sol.
उसकी ड्रेस फर्श पर उसके चारों ओर फैल गई।

Et sa tête disparut sur sa poitrine.
और उसका सिर उसके अपने स्तनों पर गायब हो गया।

Le père serra le poing avec une expression hostile.
पिता ने गुस्से से अपनी मुट्ठी भींच ली।

Il semblait vouloir que Gregor soit renvoyé dans sa
chambre.
ऐसा लग रहा था कि वह ग्रेगर को वापस अपने कमरे में धकेलना चाहता

था।

Il jeta ensuite un regard incertain autour du salon.
फिर उसने अनिश्चित रूप से लिविंग रूम में चारों ओर देखा।

Et finalement, il se couvrit les yeux entre ses mains.
और आखिर में उसने अपनी आंखों को अपने हाथों से ढक लिया।

Et il pleura amèrement jusqu'à ce que sa poitrine puissante
tremble.
और वह फूट-फूट कर रोया जब तक कि उसकी बड़ी छाती कांप नहीं

उठी।

Gregor n'est en réalité pas entré dans leur chambre.
ग्रेगर असल में उनके कमरे में गया ही नहीं।

Au lieu de cela, il s'appuya contre le cadre de la porte.
इसके बजाय वह दरवाज़े के फ्रेम से टिक गया।

Seule la moitié de son corps était visible de l'extérieur.
बाहर खड़े लोगों को उसका आधा शरीर ही दिखाई दे रहा था।

Et sur son corps reposait sa tête, inclinée sur le côté.
और उसके शरीर के ऊपर उसका सिर एक तरफ झुका हुआ था।

La lumière était désormais devenue beaucoup plus vive
qu'auparavant.
अब तक रोशनी पहले से कहीं ज़्यादा तेज़ हो गई थी।

On pouvait désormais voir clairement l'autre côté de la rue.
अब सड़क का दूसरा किनारा साफ़-साफ़ देखा जा सकता था।

Une partie de l'hôpital gris et interminable se dévoila.
कभी न खत्म होने वाले, ग्रे रंग के अस्पताल का एक हिस्सा सामने आया।

La pluie matinale n'avait pas encore complètement cessé de tomber.
सुबह की बारिश अभी पूरी तरह से बंद नहीं हुई थी।

Mais maintenant, les gouttes de pluie étaient plus grosses et plus espacées.
लेकिन अब बारिश की बूंदें बड़ी और दूर-दूर थीं।

Les plats du petit-déjeuner étaient disposés en abondance sur la table.
नाश्ते के व्यंजन मेज पर बहुत सारे थे।

Le père considérait le petit-déjeuner comme le repas le plus important.
पिता को नाश्ता सबसे ज़रूरी खाना लगता था।

Le petit-déjeuner était un repas qu'il s'éternisait pendant des heures.
नाश्ता ऐसा खाना था जिसे वह घंटों तक खींचता था।

Et pendant ces heures, il lisait les différents journaux.
और इन घंटों में वह अलग-अलग अखबार पढ़ते थे।

Juste en face, sur le mur, était accrochée une photo de Gregor.
ठीक सामने वाली दीवार पर ग्रेगर की एक तस्वीर टंगी थी।

La photographie accrochée au mur le montrait en lieutenant.
दीवार पर लगी तस्वीर में उन्हें लेफ्टिनेंट के रूप में दिखाया गया था।

C'était une photo de l'époque où il était dans l'armée.
यह उस समय की तस्वीर थी जब वह मिलिट्री में थे।

Sa main était posée sur son épée, et il arborait un sourire insouciant.
उसका हाथ तलवार पर था और उसकी मुरकान बेफिक्र थी।

Sa posture et son uniforme imposaient un certain respect.

उनके हाव-भाव और उनकी यूनिफॉर्म के लिए एक खास सम्मान की ज़रूरत थी।

L'autre porte qui menait à l'antichambre était également ouverte.
एंटरूम की ओर जाने वाला दूसरा दरवाज़ा भी खुला था।

Et la porte de l'appartement était encore ouverte elle aussi.
और अपार्टमेंट का दरवाज़ा भी अभी खुला था।

On pouvait voir jusqu'à la cour de l'immeuble.
अपार्टमेंट के फोरकोर्ट तक सब कुछ देखा जा सकता था।

Puis les escaliers descendaient sur la rue en contrebas.
और फिर सीढ़ियाँ नीचे सड़क पर जाती थीं।

Gregor était le seul à avoir gardé son sang-froid.
ग्रेगर ही अकेला था जिसने अपना धैर्य बनाए रखा था।

Il a constaté cela, la conversation était donc de sa responsabilité.
उन्होंने यह देखा, इसलिए बातचीत उनकी ज़िम्मेदारी थी।

« Bon, je vais m'habiller pour le travail maintenant », dit-il.
"ठीक है, अब मैं काम के लिए तैयार होने जा रहा हूँ," उसने कहा।

« Une fois que j'aurai emballé les échantillons de tissu, je partirai. »
"टेक्सटाइल सैंपल पैक करने के बाद मैं चला जाऊंगा।"

«Vous comptez toujours me tirer dessus, Monsieur Prokurist ?»
"क्या आप अभी भी मुझे नौकरी से निकालने का इरादा रखते हैं, मिस्टर प्रोकुरिस्ट?"

« Comme vous pouvez le constater, je ne suis pas aussi têtue que vous le pensiez. »
"जैसा कि आप देख सकते हैं, मैं उतना जिद्दी नहीं हूँ जितना आपने सोचा था।"

« Et vous pouvez constater que j'aime bien travailler, après tout. »

"और आप देख सकते हैं कि मुझे काम करना पसंद है।"

« Je peux admettre que voyager pour le travail n'est pas facile. »
"मैं यह मानता हूं कि काम के लिए ट्रैवल करना आसान नहीं है।"

« Mais je peux aussi accepter que cela fasse partie de mon travail. »
"लेकिन मैं यह भी मान सकता हूं कि यह मेरे काम का हिस्सा है।"

« Chef de projet, où allez-vous ? Retournez-vous au bureau ? »
"मैनेजर, आप कहाँ जा रहे हैं? वापस ऑफिस?"

« Allez-vous rapporter fidèlement tout ce que vous avez vu ? »
"क्या आप जो कुछ भी देखा है, उसे सच-सच बताएंगे?"

«Il arrive parfois qu'on soit dans l'incapacité d'aller travailler.»
"कभी-कभी ऐसा होता है कि कोई काम पर नहीं जा पाता।"

« C'est le moment idéal pour se souvenir des succès passés. »
"यह पिछली उपलब्धियों को याद करने का सही समय है।"

« Une fois la difficulté surmontée, on travaille encore mieux. »
"मुश्किल दूर करने के बाद, व्यक्ति और भी बेहतर काम करता है।"

« Ma diligence et ma concentration vont augmenter. »
"मेरी मेहनत और एकाग्रता बढ़ने वाली है।"

«Vous savez très bien que je suis redevable envers le patron.»
"आप अच्छी तरह जानते हैं कि मैं बॉस का ऋणी हूँ।"

« Mais je suis aussi inquiète pour mes parents et ma sœur. »
"लेकिन, मुझे अपने माता-पिता और अपनी बहन की भी चिंता है।"

« Je suis dans une situation délicate, mais je vais m'en sortir. »
"मैं मुश्किल में हूँ, लेकिन मैं इससे बाहर निकल जाऊँगा।"

« Ne compliquez pas davantage les choses. »

"इसे पहले से ज़्यादा मुश्किल मत बनाओ।"

« En tant que collègues, nous devons aussi nous entraider. »
"साथ काम करने वालों के तौर पर हमें भी एक-दूसरे की मदद करनी होगी।"

« Je sais que les employés de bureau n'aiment pas les voyageurs. »
"मुझे पता है कि ऑफिस के कर्मचारियों को यात्री पसंद नहीं हैं।"

«Vous croyez qu'on gagne des fortunes et qu'on mène une vie confortable.»
"आपको लगता है कि हम बहुत पैसा कमाते हैं और अच्छी ज़िंदगी जीते हैं।"

« Ils n'ont aucune raison valable de tenir compte de leurs préjugés. »
"उनके पास अपने भेदभाव पर विचार करने का कोई असली कारण नहीं है।"

« Mais vous, agent habilité, votre rôle est différent. »
"लेकिन आप, ऑथराइज़्ड ऑफिसर, का रोल अलग है।"

«Vous avez une meilleure vue d'ensemble que les autres membres du personnel.»
"आपका ओवरव्यू दूसरे स्टाफ़ से बेहतर है।"

« En fait, je pense que vous avez peut-être la meilleure vue d'ensemble. »
"असल में मुझे लगता है कि आपके पास सबसे अच्छा ओवरव्यू हो सकता है।"

«Vous avez une meilleure vision d'ensemble que le patron lui-même.»
"आपके पास बॉस से भी बेहतर ओवरव्यू है।"

« J'admets que c'est le patron qui fait le travail d'entrepreneur. »
"मैं मानता हूं कि बॉस एंटरप्रेन्योरियल काम करता है।"

« Mais il est facile de se tromper dans ses jugements. »

"लेकिन उनके फ़ैसलों को गुमराह करना आसान है।"

« Et ces petites erreurs de jugement peuvent nous être préjudiciables. »
"और ये छोटी-छोटी गलतफहमियां हमारे लिए नुकसानदायक हो सकती हैं।"

«Vous savez combien il est facile de parler du voyageur.»
"आप जानते हैं कि यात्री के बारे में बात करना कितना आसान है।"

« Il n'est pas là pour défendre sa réputation contre les rumeurs. »
"वह गॉसिप से अपनी रेप्युटेशन बचाने के लिए वहां नहीं है।"

« Ces accusations peuvent très bien n'être que des coïncidences. »
"ये आरोप आसानी से सिर्फ़ इत्तेफ़ाक हो सकते हैं।"

« Nombre de ces plaintes ne reposent même sur aucune vérité. »
"कई शिकायतों में कोई सच्चाई भी नहीं होती।"

«Il est absent du bureau pendant presque toute l'année.»
"वह लगभग पूरे साल ऑफिस से बाहर रहते हैं।"

«Quelles chances a-t-il de défendre sa propre réputation ?»
"अपनी इज़्ज़त बचाने का उसके पास क्या मौका है?"

«Il n'a même pas connaissance des accusations.»
"उसे आरोपों के बारे में सुनने को भी नहीं मिलता।"

«Il découvre ce qui a été dit lorsqu'il est trop tard.»
"उसे तब पता चलता है कि क्या कहा गया था जब बहुत देर हो चुकी होती है।"

« À ce stade, il est épuisé par le voyage de la journée. »
"उस समय तक वह दिन भर की यात्रा से थक चुका होता है।"

« Il devra de toute façon en subir les terribles conséquences. »
"उसे वैसे भी भयानक नतीजे भुगतने होंगे।"

« Même s'il n'a aucun moyen de comprendre le problème. »

"भले ही उसके पास समस्या को समझने का कोई तरीका नहीं है।"

« Oh, manager, ne partez pas sans me dire un mot. »
"ओह मैनेजर, मुझसे एक शब्द कहे बिना मत जाना।"

«Dites-moi au moins que vous êtes d'accord avec moi en partie.»
"कम से कम मुझे यह तो बताओ कि तुम मुझसे कुछ हद तक सहमत हो।"

Mais le directeur s'était détourné de Gregor bien plus tôt.
लेकिन मैनेजर ने ग्रेगर से बहुत पहले ही मुंह मोड़ लिया था।

Son épaule tressaillit lorsqu'il se retourna vers Gregor.
जब उसने ग्रेगर की ओर देखा तो उसका कंधा हिल गया।

Et il n'est pas resté immobile une seule fois pendant tout son discours.
और भाषण के दौरान वह एक बार भी खड़े नहीं हुए।

Il se retournait vers Gregor, les lèvres pincées.
वह होंठ सिकोड़कर ग्रेगर की ओर देख रहा था।

Il reculait progressivement vers la porte.
वह धीरे-धीरे दरवाज़े की ओर पीछे हट रहा था।

Mais il ne pouvait pas non plus détacher son regard de Gregor.
लेकिन वह ग्रेगर से अपनी नज़रें नहीं हटा पा रहा था।

Il avait l'impression qu'il lui était secrètement interdit de quitter la pièce.
उसे ऐसा लगा जैसे कमरे से बाहर निकलने पर कोई सीक्रेट बैन लगा हो।

Mais à ce stade, il se trouvait déjà dans le hall d'entrée.
लेकिन इस समय तक वह पहले ही एंट्रेंस हॉल में पहुंच चुका था।

Et soudain, il fit un mouvement vers la sortie.
और अब वह अचानक बाहर निकलने की ओर बढ़ा।

Il tendit la main droite vers les escaliers.
उसने अपना दाहिना हाथ सीढ़ियों की ओर बढ़ाया।

Peut-être qu'une force surnaturelle attendait pour le sauver.

शायद कोई अलौकिक शक्ति उसे बचाने के लिए इंतज़ार कर रही थी।

Gregor savait qu'il ne pouvait pas le laisser partir comme ça.
ग्रेगर जानता था कि वह उसे इस तरह जाने नहीं दे सकता।

Le manager ne doit pas revenir dans le même état d'esprit qu'avant.
मैनेजर को उस मूड में वापस नहीं आना चाहिए जिसमें वह था।

La sécurité de l'emploi de Gregor était fortement menacée.
ग्रेगर की नौकरी की सुरक्षा बहुत खतरे में थी।

Les parents ne comprenaient pas tout cela.
माता-पिता यह सब पूरी तरह समझ नहीं पाए।

Au fil des ans, ils s'étaient habitués à sa sécurité d'emploi.
इतने सालों में उन्हें उसकी जॉब सिक्योरिटी की आदत हो गई थी।

Et ils étaient convaincus qu'il avait ce poste à vie.
और उन्हें यकीन हो गया था कि उसे ज़िंदगी भर के लिए यह नौकरी मिल गई है।

Au lieu de cela, ils s'étaient préoccupés d'autres soucis.
इसके बजाय वे दूसरी चिंताओं में व्यस्त हो गए थे।

Mais ces préoccupations leur ont fait perdre toute prévoyance.
लेकिन इन चिंताओं के कारण वे सारी दूरदर्शिता खो बैठे।

Gregor, cependant, n'avait pas perdu la clairvoyance de ses parents.
हालाँकि, ग्रेगर ने माता-पिता की दूरदर्शिता नहीं खोई थी।

Il a fallu que quelqu'un arrête le représentant autorisé.
किसी को तो ऑथराइज़्ड रिप्रेजेंटेटिव को रोकना ही था।

Il allait devoir le calmer et le convaincre.
उसे उसे शांत करना था और समझाना था।

L'avenir de Gregor et de sa famille en dépendait !
ग्रेगर और उसके परिवार का भविष्य इस पर निर्भर था!

Si seulement sa sœur intelligente avait été là pour l'aider.
काश, समझदार बहन यहाँ मदद के लिए होती।

Elle avait déjà pleuré alors que Gregor était encore dans sa chambre.

जब ग्रेगर अपने कमरे में था, तब वह रो चुकी थी।

À ce moment-là, il était simplement allongé tranquillement sur le dos.

उस समय वह बस चुपचाप पीठ के बल लेटा हुआ था।

Elle connaissait déjà l'importance de la situation à ce moment-là.

वह उस समय स्थिति के महत्व को पहले से ही जानती थी।

Le directeur était connu pour avoir un faible pour les femmes.

मैनेजर को महिलाओं से बहुत लगाव था।

Elle aurait facilement pu le persuader de rester plus longtemps.

वह आसानी से उसे और ज़्यादा देर तक रुकने के लिए मना सकती थी।

Elle aurait fermé la porte et l'aurait fait rentrer.

वह दरवाज़ा बंद करके उसे वापस अंदर ले जाती।

Mais malheureusement, sa sœur était partie chercher un médecin.

लेकिन दुर्भाग्य से बहन डॉक्टर के पास चली गई थी।

Gregor n'avait donc pas d'autre choix que de le faire lui-même.

इसलिए ग्रेगर के पास खुद ही यह काम करने के अलावा कोई चारा नहीं था।

Il n'avait pas réfléchi à quelles étaient réellement ses capacités.

उसने यह नहीं सोचा था कि उसकी काबिलियत असल में क्या है।

Et il avait oublié de se méfier de sa capacité à parler.

और वह अपनी बोलने की क्षमता पर भरोसा करना भूल गया था।

Mais il a néanmoins quitté la sécurité de sa chambre.

लेकिन फिर भी, उन्होंने अपने कमरे की सिक्योरिटी छोड़ दी।

Et il se faufila par l'ouverture de la pièce.

और वह खुद को कमरे के खुले रास्ते से धकेलता हुआ अंदर आया।

Le directeur était déjà en train de descendre les escaliers.
मैनेजर पहले ही सीढ़ियों से नीचे उतर रहा था।

Mais il s'accrochait à la rambarde à deux mains.
लेकिन वह दोनों हाथों से रेलिंग को पकड़े हुए था।

Gregor tomba en se poussant à travers la porte.
ग्रेगर दरवाज़े से धक्का देकर अंदर घुसते ही गिर गया।

Il laissa échapper un petit cri en cherchant un appui.
सहारा लेते हुए उसने हल्की सी चीख मारी।

Mais au lieu de paniquer, il a ressenti un bien-être physique.
लेकिन घबराने के बजाय, उन्हें शारीरिक रूप से अच्छा महसूस हुआ।

Pour la première fois ce matin-là, quelque chose semblait juste.
उस सुबह पहली बार कुछ सही लगा।

Il avait désormais toutes les jambes bien ancrées au sol.
अब उसके सभी पैरों के नीचे ठोस ज़मीन थी।

Il était surpris de constater à quel point il contrôlait bien ses jambes.
वह हैरान था कि वह अपने पैरों को कितनी अच्छी तरह कंट्रोल कर सकता था।

Il était heureux de constater que ses jambes lui obéissaient parfaitement.
वह यह देखकर खुश हुआ कि उसके पैर पूरी तरह से उसकी बात मान रहे थे।

En réalité, ses jambes le portaient partout où il le voulait.
असल में उसके पैर उसे जहाँ भी वह चाहता था, वहाँ ले जाते थे।

Bientôt, tous ses chagrins allaient prendre fin.
जल्द ही उसके सारे दुख खत्म होने वाले थे।

Mais au même moment, sa propre mère se leva d'un bond.
लेकिन उसी समय उसकी माँ भी उछल पड़ी।

Ses bras étaient tendus et ses doigts écartés.

उसकी बाहें फैली हुई थीं और उंगलियां फैली हुई थीं।

Et elle s'est écriée : « Au secours ! Au nom de Dieu, que quelqu'un m'aide ! »
और वह चिल्लाई, "बचाओ, भगवान के लिए कोई मदद करो!"

Elle inclina la tête ; elle voulait mieux voir Gregor.
उसने अपना सिर झुकाया; वह ग्रेगर को बेहतर तरीके से देखना चाहती थी।

Mais contrairement à sa première action, elle est revenue en courant.
लेकिन पहली हरकत से घबराकर वह वापस भाग गई।

Elle avait oublié que la table était mise derrière elle.
वह भूल गई थी कि टेबल उसके पीछे रखी थी।

Tout ce qui était prévu pour le petit-déjeuner était encore sur la table.
नाश्ते की सारी चीजें अभी भी टेबल पर थीं।

Elle s'assit précipitamment sur la table, comme distraite.
वह जल्दी से टेबल पर बैठ गई, जैसे उसका ध्यान भटक गया हो।

Et elle n'a pas semblé remarquer le café renversé.
और ऐसा लगा कि उसे कॉफी गिरने का पता ही नहीं चला।

Le café était maintenant en train d'imbiber la moquette.
कॉफी अब कालीन में भीग रही थी।

« Maman, maman », dit doucement Gregor en levant les yeux vers elle.
"माँ, माँ," ग्रेगर ने धीरे से कहा, उसकी ओर देखते हुए।

Pour le moment, le manager ne lui importait pas.
फिलहाल मैनेजर उसके लिए महत्वपूर्ण नहीं था।

Mais il y avait aussi le café qui coulait sur la moquette.
लेकिन वहाँ कॉफी भी कालीन पर टपक रही थी।

Gregor n'a pas pu s'empêcher de claquer des dents devant le café.
ग्रेगर कॉफी को देखकर अपने जबड़े चटकाने से खुद को रोक नहीं सका।

La mère se remit à pleurer à cause de son comportement.

उसके व्यवहार के कारण माँ फिर से रोने लगी।

Elle a sauté de la table pour prendre ses distances avec lui.
वह उससे दूरी बनाने के लिए टेबल से कूद गई।

Et elle s'est réfugiée dans les bras de son père.
और वह सुरक्षा के लिए अपने पिता की बाहों में भाग गई।

Mais Gregor n'avait plus de temps à consacrer à ses parents.
लेकिन अब ग्रेगर के पास अपने माता-पिता के लिए समय नहीं था।

L'agent habilité se trouvait déjà dans l'escalier.
अधिकृत अधिकारी पहले से ही सीढ़ियों पर था।

Il avait le menton appuyé sur la rambarde, pour regarder à l'intérieur de la maison.
घर के अंदर देखने के लिए उसने अपनी ठुड्डी रेलिंग पर टिका दी।

Apparemment, il voulait jeter un dernier coup d'œil au spectacle.
लगता है वह आखिरी बार इस नज़ारे को देखना चाहता था।

Et Gregor fit un dernier effort pour joindre le directeur.
और ग्रेगर ने मैनेजर तक पहुंचने की आखिरी कोशिश की।

Il courut vers la porte aussi prudemment qu'il le put.
वह जितना हो सका, सुरक्षित रूप से दरवाज़े की ओर भागा।

Mais le chef de bureau devait se douter de quelque chose.
लेकिन चीफ क्लर्क को ज़रूर कुछ शक हुआ होगा।

Parce qu'il a descendu quelques marches et a disparu.
क्योंकि वह कई सीढ़ियां नीचे कूद गया और गायब हो गया।

« Hein ! » s'écria Gregor, sa voix résonnant dans la cage d'escalier.
"हं!" ग्रेगर चिल्लाया, जो सीढ़ियों से गूंज उठा।

La fuite du manager sembla également déconcerter son père.
मैनेजर के भागने से उसके पिता भी कन्फ्यूज़ हो गए।

Jusque-là, il était parvenu à garder son calme.
तब तक वह काफी शांत रहने में कामयाब रहा था।

Mais malheureusement, lui aussi a perdu le sang-froid qu'il avait eu.

लेकिन दुर्भाग्य से उन्होंने भी अपना संयम खो दिया।

Il aurait dû aider Gregor dans sa quête.
उसे ग्रेगर की मदद करनी चाहिए थी।

Mais, d'une main, il saisit la canne du directeur.
लेकिन, उसने एक हाथ से मैनेजर की छड़ी पकड़ ली।

Et dans l'autre main, il tenait maintenant un journal.
और दूसरे हाथ में अब वह एक अखबार पकड़े हुए था।

Et il entravait désormais directement Gregor dans sa poursuite.
और अब उसने सीधे ग्रेगर के काम में रुकावट डाली।

Il s'était placé entre Gregor et la rue.
उसने खुद को ग्रेगर और सड़क के बीच में खड़ा कर लिया था।

Il tapa du pied et agita le bâton et le journal.
उसने पैर पटके, और छड़ी और अखबार लहराया।

Et il forçait activement Gregor à retourner dans sa chambre.
और वह ग्रेगर को ज़बरदस्ती अपने कमरे में वापस जाने के लिए मजबूर कर रहा था।

Aucune des demandes formulées par Gregor n'a été utile.
ग्रेगर ने जितनी भी रिक्वेस्ट कीं, उनमें से किसी से भी मदद नहीं मिली।

Parce qu'aucune de ses demandes n'a été comprise.
क्योंकि उनकी कोई भी रिक्वेस्ट समझी नहीं गई।

Il tourna la tête vers un angle plus profond et plus humble.
उसने अपना सिर एक गहरे, ज़्यादा विनम्र एंगल से घुमाया।

Mais son père répondit en tapant du pied encore plus fort.
लेकिन उसके पिता ने और भी ज़ोर से पैर पटककर जवाब दिया।

La mère ouvrit une fenêtre, malgré la fraîcheur ambiante.
माँ ने ठंडे मौसम के बावजूद खिड़की खोल दी।

Et elle enfouit son visage dans ses mains froides.
और उसने ठंड में अपना चेहरा अपने हाथों में दबा लिया।

Le vent pouvait désormais traverser tout l'appartement.
अब हवा पूरे अपार्टमेंट में चल सकती थी।

Un fort courant d'air soufflait de l'escalier vers la ruelle.
सीढ़ियों से गली तक तेज़ हवा चल रही थी।

Les rideaux claquaient sous l'effet du vent violent.
तेज़ हवा से पर्दे इधर-उधर उड़ रहे थे।

Et le journal posé sur la table bruissait dans le vent.
और मेज़ पर रखा अखबार हवा में सरसरा रहा था।

Même des feuilles ont été soufflées à l'intérieur de la maison depuis l'extérieur.
यहां तक कि कुछ पत्ते बाहर से उड़कर घर में आ गए।

Le père tapa du pied et poussa sans relâche.
पिता ने पैर पटके और लगातार धक्का दिया।

Et il sifflait et émettait des bruits comme un homme sauvage.
और वह एक जंगली आदमी की तरह फुफकारने और शोर मचाने लगा।

Mais Gregor ne s'était pas encore entraîné à marcher à reculons.
लेकिन ग्रेगर ने अभी तक पीछे की ओर चलने का अभ्यास नहीं किया था।

Même Gregor admettrait que ce mouvement était beaucoup plus lent.
ग्रेगर भी मानेंगे कि यह मूवमेंट बहुत धीमा था।

Tout ce qu'il souhaitait, c'était avoir la possibilité de faire demi-tour.
लेकिन वह बस पीछे मुड़ने का मौका चाहता था।

Il serait alors allé directement dans sa chambre.
फिर वह सीधे अपने कमरे में चला जाता।

Mais il avait trop peur d'impatienter son père.
लेकिन वह अपने पिता को बेसब्र करने से बहुत डरता था।

Et il y avait la menace d'un coup de bâton.
और डंडे से मारने का खतरा भी था।

Un tel coup à l'arrière de la tête pourrait être fatal.
सिर के पिछले हिस्से पर ऐसा वार जानलेवा हो सकता है।

Mais finalement, Gregor n'avait pas d'autre choix.
लेकिन आखिर में ग्रेगर के पास कोई और रास्ता नहीं बचा।

Il s'est rendu compte qu'il ne pouvait même plus marcher droit à reculons.
उसे एहसास हुआ कि वह सीधा पीछे की ओर भी नहीं चल सकता।

Il commença à se retourner aussi vite qu'il le put.
वह जितनी जल्दी हो सका, घूमने लगा।

Mais en réalité, ce mouvement de rotation était tout aussi lent.
लेकिन असल में यह टर्निंग मूवमेंट उतनी ही धीमी थी।

Et il fut suivi des regards anxieux du père.
और उसके पीछे-पीछे पिता की चिंता भरी निगाहें भी थीं।

Peut-être le père avait-il remarqué les bonnes intentions de Gregor.
शायद पिता ने ग्रेगर के अच्छे इरादों को पहचान लिया था।

Parce qu'il ne l'a pas empêché de se retourner.
क्योंकि उसने उसे घूमने से नहीं रोका।

Il a même utilisé le bout de son bâton pour guider la rotation.
उन्होंने रोटेशन को गाइड करने के लिए अपनी स्टिक की नोक का भी इस्तेमाल किया।

Mais Gregor aurait préféré que son père ne lui ait pas sifflé dessus !
लेकिन ग्रेगर अब भी चाहता था कि पिता ने उस पर फुफकार न की होती!

Le sifflement ne fit qu'ajouter à la confusion du moment.
फुफकार ने उस पल की उलझन को और बढ़ा दिया।

Puis il a commis une erreur et a tourné dans la mauvaise direction.
और फिर उसने गलती की और गलत दिशा में मुड़ गया।

Finalement, il a réussi à se tourner dans la bonne direction.
आखिरकार वह सही रास्ते पर आ ही गया।

Et il était satisfait des progrès qu'il avait accomplis.
और वह अपनी प्रोग्रेस से खुश था।

Mais un autre problème est alors devenu encore plus
évident.
लेकिन फिर अगली समस्या और भी स्पष्ट हो गई।

Son corps était trop large pour passer facilement la porte.
उसका शरीर इतना चौड़ा था कि वह आसानी से दरवाज़े से अंदर नहीं जा
सका।

Dans son état actuel, le père ne s'en est pas aperçu.
अपनी मौजूदा हालत में पिता ने इस बात पर ध्यान नहीं दिया।

Il ne lui vint donc pas à l'esprit d'ouvrir davantage la porte.
इसलिए उसे दरवाज़ा और खोलने का ख्याल नहीं आया।

Il y aurait alors eu suffisamment de place pour Gregor.
तब ग्रेगर के लिए काफी जगह होती।

Sa seule priorité était de faire entrer Gregor dans sa
chambre.
उसकी एकमात्र प्राथमिकता ग्रेगर को अपने कमरे में ले जाना था।

Il aurait dû se lever pour passer la porte.
दरवाज़े से अंदर जाने के लिए उसे खड़ा होना पड़ता।

Mais le père n'aurait pas permis une telle manœuvre.
लेकिन पिता ने ऐसी किसी चाल की इजाजत नहीं दी होती।

En fait, il le sifflait encore plus sauvagement qu'avant.
असल में वह पहले से भी ज़्यादा गुस्से में उस पर फुफकार रहा था।

On aurait dit qu'il y avait plus d'un homme qui lui sifflait
dessus.
ऐसा लग रहा था जैसे सिर्फ़ एक आदमी ही उस पर फुफकार नहीं रहा
था।

Ses revendications semblaient revêtir une nouvelle urgence.
उनकी मांगों के पीछे एक नई अर्जेंसी लग रही थी।

Il n'y avait vraiment plus de temps à perdre.
अब सच में और समय नहीं था।

Quoi qu'il arrive, Gregor devait franchir la porte.
चाहे जो भी हो, ग्रेगर को दरवाज़े से अंदर जाना ही था।

Il s'est imposé sans aucun égard pour lui-même.
उन्होंने बिना किसी सेल्फ-रिगार्ड के खुद को आगे बढ़ाया।

Un côté de son corps fut projeté vers le haut par le mouvement.
इस हरकत से उसके शरीर का एक हिस्सा ऊपर की ओर उठ गया।

Et il était allongé de travers, maladroitement, dans l'embrasure de la porte.
और वह दरवाज़े के बीच अजीब और टेढ़ा-मेढ़ा पड़ा था।

Un de ses flancs était à vif à cause du frottement contre le bois.
उसका एक हिस्सा लकड़ी से रगड़ खाकर कच्चा हो गया था।

Et il avait laissé des taches disgracieuses sur la porte peinte en blanc.
और उसने सफ़ेद रंग के दरवाज़े पर बदसूरत दाग छोड़ दिए थे।

Les jambes d'un de ses côtés pendaient en tremblant dans le vide.
उसके एक तरफ के पैर हवा में कांपते हुए लटक रहे थे।

Ses autres jambes étaient douloureusement enfoncées dans le sol.
उसके दूसरे पैर दर्द से फर्श पर दबे हुए थे।

Bientôt, il allait se retrouver complètement coincé entre la porte et le mur.
जल्द ही वह पूरी तरह से दरवाजे के बीच फंसने वाला था।

Et alors, il n'aurait plus pu bouger du tout.
और फिर वह बिल्कुल भी हिल नहीं पाता।

Mais le père lui a donné une forte impulsion véritablement libératrice.
लेकिन पिता ने उसे सचमुच आज़ादी देने वाला ज़ोरदार धक्का दिया।

Et il tomba, ensanglanté, loin dans sa chambre.
और वह खून से लथपथ होकर अपने कमरे में दूर जाकर गिर पड़ा।

Le père claqua la porte derrière lui avec sa canne.
पिता ने अपनी छड़ी से अपने पीछे दरवाज़ा ज़ोर से बंद कर दिया।

Et puis, enfin, le calme et la tranquillité revinrent.
और फिर आखिरकार फिर से कुछ शांति और सुकून आ गया।

Deuxième partie
भाग दो

Gregor ne s'est réveillé que bien plus tard dans la journée.
ग्रेगर दिन में काफी देर तक नहीं जागा।

Le crépuscule était tombé ; il avait dormi profondément, inconsciemment.
शाम हो चुकी थी; वह भारी और बेहोशी की हालत में सो गया था।

Il se serait réveillé même sans avoir été dérangé.
वह बिना किसी परेशानी के भी जाग जाता।

Parce qu'il se sentait suffisamment reposé et avait bien dormi.
क्योंकि उसे काफी आराम मिला और अच्छी नींद आई।

Mais il crut entendre quelques pas furtifs à l'extérieur.
लेकिन उसे लगा कि उसने बाहर से कुछ कदमों की आवाज़ सुनी है।

Et quelqu'un aurait pu refermer soigneusement la porte d'entrée.
और हो सकता है कि किसी ने ध्यान से सामने का दरवाज़ा बंद कर दिया हो।

La lumière du tramway électrique se projetait faiblement au plafond.
इलेक्ट्रिक ट्राम की रोशनी छत पर हल्की पड़ रही थी।

Le dessus du meuble a également reçu un peu de lumière.
फर्नीचर के ऊपर भी थोड़ी रोशनी पड़ी।

Mais en bas, au niveau de Gregor, il faisait sombre.
लेकिन नीचे ज़मीन पर, ग्रेगर के लेवल पर, अंधेरा था।

Ses jambes le poussèrent lentement de nouveau vers la porte.
उसके पैरों ने धीरे-धीरे उसे फिर से दरवाज़े की ओर धकेल दिया।

Il était très curieux de voir ce qui s'était passé là-bas.
वह यह देखने के लिए बहुत उत्सुक था कि वहां क्या हुआ था।

Mais le contrôle de ses antennes n'était pas encore
développé.
लेकिन अपनी भावनाओं पर उसका कंट्रोल अभी तक डेवलप नहीं हुआ
था।

Bien qu'il ait commencé à apprécier ces nouveaux capteurs.
हालाँकि उन्हें ये नए सेंसर पसंद आने लगे।

Une longue et disgracieuse cicatrice semblait lui barrer le
flanc gauche.
उसके बाएं हिस्से पर एक लंबा, बुरा निशान जैसा लग रहा था।

La cicatrice lui donnait l'impression de contracter ce côté de
son corps.
ऐसा लगा जैसे निशान ने उसके शरीर के उस तरफ़ को कस दिया हो।

Il devait donc littéralement boiter en s'appuyant sur ses
deux rangées de pattes.
और इसलिए उसे सचमुच अपने पैरों की दो लाइनों पर लंगड़ाना पड़ा।

L'une de ses jambes avait été grièvement blessée ce matin-là.
उस सुबह उनके एक पैर में गंभीर चोट लगी थी।

C'était vraiment un miracle qu'il ne se soit pas cassé plus de
jambes.
सच में यह चमत्कार ही था कि उसके और पैर नहीं टूटे।

Et il traîna donc sa jambe blessée, inerte, derrière lui.
और इसलिए वह अपने घायल पैर को बेजान सा घसीटता हुआ अपने
पीछे ले गया।

Lorsqu'il atteignit la porte, il réalisa quelque chose de
profond.
जब वह दरवाज़े पर पहुँचा तो उसे कुछ गहरी बात का एहसास हुआ।

C'était l'odeur de quelque chose qui l'avait attiré là.
किसी चीज़ की गंध ने उसे वहाँ खींच लिया था।

Quelque chose de comestible avait été laissé pour Gregor
dans sa chambre.
ग्रेगर के कमरे में उसके लिए कुछ खाने की चीज़ छोड़ी गई थी।

Des morceaux de pain blanc flottant dans un bol de lait sucré.
मीठे दूध के कटोरे में तैरते हुए सफेद ब्रेड के टुकड़े।

Il pouvait à peine contenir la joie qui l'habitait.
वह अपने अंदर की खुशी को मुश्किल से रोक पा रहा था।

Il avait encore plus faim maintenant que le matin.
उसे सुबह से भी ज़्यादा भूख लगी थी।

Il plongea aussitôt la tête dans le bol de lait.
उसने तुरंत अपना सिर दूध के कटोरे में डाल दिया।

Le lait lui recouvrait presque toute la tête, jusqu'aux yeux.
दूध उसके सिर से लेकर आंखों तक फैल गया।

Mais il a rapidement retiré sa tête, amèrement déçu.
लेकिन जल्द ही वह बहुत निराश होकर अपना सिर पीछे खींच लेता है।

L'alimentation était difficile en raison de la fragilité de son côté gauche.
उनका बायां हिस्सा नाजुक होने के कारण खाना खाना मुश्किल था।

Et il ne pouvait manger qu'en haletant de tout son corps.
और वह सिर्फ़ अपने पूरे शरीर से हांफते हुए ही खा सकता था।

Mais ce n'était pas la véritable raison de sa déception.
लेकिन यह उनकी निराशा का असली कारण नहीं था।

Le lait avait toujours été l'un de ses plats préférés.
दूध हमेशा से ही उनकी पसंदीदा डिशेज़ में से एक रहा है।

Il ne doutait pas que sa sœur s'en souvenait.
उसे इस बात में कोई शक नहीं था कि उसकी बहन को यह बात याद होगी।

Et c'est pour cela qu'elle lui avait donné du lait.
और यही कारण था कि उसने उसे दूध दिया था।

Il n'a pas su expliquer pourquoi il n'aimait plus le lait.
वह यह नहीं बता पा रहा था कि अब उसे दूध क्यों पसंद नहीं है।

Et il se détourna du bol presque à contrecœur.
और वह लगभग अनिच्छा से कटोरे से दूर हो गया।

Déçu, il retourna en rampant au milieu de la pièce.
निराश होकर वह रेंगते हुए कमरे के बीच में वापस चला गया।

De là, il pouvait voir à travers la fente de la porte.
यहां वह दरवाजे की दरार से देख पा रहा था।

Il pouvait voir que le feu était allumé dans le salon.
वह देख सकता था कि लिविंग रूम में आग जल रही थी।

Habituellement, à cette heure-ci, le père lisait le journal.
आमतौर पर इस समय पिता अखबार पढ़ते थे।

Il avait toujours l'habitude de lire à sa mère à voix haute.
वह हमेशा ऊंची आवाज़ में मां को पढ़कर सुनाया करते थे।

Parfois, la sœur écoutait aussi les conversations du père.
कभी-कभी बहन भी पिता की बातें सुनती थी।

Elle avait toujours parlé à Gregor de ces lectures à voix haute.
वह हमेशा ग्रेगर को इस ज़ोर से पढ़ने के बारे में बताती थी।

Mais aujourd'hui, aucun son ne provenait de la pièce.
लेकिन आज कमरे से कोई आवाज़ नहीं आ रही थी।

Peut-être cette habitude s'était-elle déjà perdue.
शायद यह आदत पहले ही खत्म हो चुकी थी।

Un silence profond s'était installé dans tout l'appartement.
पूरे अपार्टमेंट में गहरी शांति छा गई थी।

Bien qu'il sût que l'appartement n'était certainement pas vide.
हालांकि वह जानता था कि अपार्टमेंट निश्चित रूप से खाली नहीं था।

« Quelle vie tranquille mène cette famille », pensa Gregor.
ग्रेगर ने सोचा, "परिवार कितनी शांत ज़िंदगी जी रहा है।"

Et il fixa l'obscurité avec une grande fierté.
और वह बड़े गर्व से अंधेरे में देखता रहा।

Il était fier de la vie qu'il avait pu leur offrir.
उन्हें इस बात पर गर्व था कि वह उन्हें जीवन दे पाए।

Il était fier du bel appartement qu'ils occupaient.

उन्हें उस खूबसूरत अपार्टमेंट पर गर्व था जिसमें वे रहते थे।

Mais cette paix était-elle sur le point de connaître une fin tragique ?
लेकिन क्या यह सारी शांति एक भयानक अंत की ओर बढ़ने वाली थी?

Allait-on leur ravir leur prospérité ?
क्या उनकी खुशहाली उनसे छीन ली जाएगी?

Leur bonheur était-il désormais incertain pour l'avenir ?
क्या अब उनका संतोष भविष्य में अनिश्चित था?

Mais il ne voulait pas se perdre dans de telles pensées.
लेकिन वह ऐसे विचारों में खुद को खोना नहीं चाहता था।

Pour s'occuper, il grimpait et descendait les murs.
खुद को बिज़ी रखने के लिए वह दीवारों पर ऊपर-नीचे रेंगता रहा।

Durant cette longue soirée, une porte était entrouverte.
लंबी शाम के दौरान एक दरवाज़ा थोड़ा सा खुला हुआ था।

Et à un autre moment, l'autre porte s'ouvrit légèrement.
और एक और समय दूसरा दरवाज़ा थोड़ा सा खुल गया।

Mais à chaque fois, les portes se sont refermées aussitôt.
लेकिन दोनों बार दरवाज़े जल्दी से फिर से बंद हो गए।

De toute évidence, quelqu'un à l'extérieur souhaitait entrer.
साफ़ है कि बाहर से कोई अंदर आना चाहता था।

Mais ils avaient aussi trop d'inquiétudes à l'idée de venir.
लेकिन उन्हें अंदर आने को लेकर बहुत सारी चिंताएं भी थीं।

Gregor s'arrêta alors net devant la porte du salon.
ग्रेगर अब सीधे लिविंग रूम के दरवाज़े पर रुक गया।

Il était déterminé à trouver un moyen de tenter le visiteur hésitant.
उसने ठान लिया था कि किसी तरह उस हिचकिचाते हुए विज़िटर को लुभाएगा।

Il voulait aussi savoir qui était le visiteur.
और वह यह भी जानना चाहता था कि विज़िटर कौन था।

Mais ce soir-là, la porte ne fut pas ouverte une troisième fois.

लेकिन उस शाम तीसरी बार दरवाज़ा नहीं खोला गया।

Et Gregor passa son temps à attendre en vain près de la porte.
और ग्रेगर ने अपना समय बेकार में दरवाज़े पर इंतज़ार करते हुए बिताया।

Plus tôt dans la journée, ils avaient tous voulu entrer dans la pièce.
उस दिन पहले वे सभी कमरे में आना चाहते थे।

Maintenant que les portes étaient déverrouillées, ce serait plus facile pour eux.
अब दरवाज़े खुल गए हैं तो उनके लिए यह आसान हो जाएगा।

Mais ils ont choisi de rester de l'autre côté de la pièce.
लेकिन उन्होंने कमरे के दूसरी तरफ रहना चुना।

Gregor remarqua que les clés n'étaient plus dans leurs serrures.
ग्रेगर ने देखा कि चाबियाँ अब तालों में नहीं थीं।

Quelqu'un a dû déplacer les clés vers la serrure extérieure.
किसी ने ज़रूर बाहर वाले ताले की चाबियां हटा दी होंगी।

Ce n'est que tard dans la nuit que la lumière du salon était éteinte.
देर रात को ही लिविंग रूम की लाइट बंद की गई।

La famille a dû rester éveillée tout ce temps.
पूरा परिवार पूरे समय जागता रहा होगा।

Et Gregor pouvait clairement les entendre s'éloigner sur la pointe des pieds.
और ग्रेगर उन्हें चुपके से जाते हुए साफ़-साफ़ सुन सकता था।

Désormais, personne n'allait venir voir Gregor avant le lendemain matin.
अब सुबह तक ग्रेगर के पास कोई नहीं आने वाला था।

Il eut donc tout le temps d'être seul, de réfléchir en toute tranquillité.

इसलिए उसके पास खुद के लिए काफी समय था, बिना किसी परेशानी के सोचने के लिए।

Quelle serait la meilleure façon de réorganiser sa vie maintenant ?
अब उसकी ज़िंदगी को फिर से ठीक करने का सबसे अच्छा तरीका क्या होगा?

Mais les hauts murs de la pièce vide l'effrayaient.
लेकिन खाली कमरे की ऊंची दीवारों ने उसे डरा दिया।

Il n'avait pas d'autre choix que de s'allonger à plat ventre sur le sol.
उसके पास ज़मीन पर लेटने के अलावा कोई चारा नहीं था।

Et il n'a jamais trouvé la cause de sa peur dans cet espace.
और उसे उस जगह में अपने डर का कारण कभी नहीं मिला।

C'était la même pièce où il avait vécu pendant cinq ans.
यह वही कमरा था जिसमें वह पांच साल तक रहा था।

Semi-consciemment, il fit un mouvement vers le canapé.
आधे होश में वह सोफे की ओर बढ़ा।

Et sans aucune honte, il se cacha sous le canapé.
और बिना किसी शर्म के वह सोफे के नीचे छिप गया।

Là-bas, il se sentit immédiatement de nouveau très à l'aise.
वहाँ नीचे उसे तुरंत फिर से बहुत आराम महसूस हुआ।

Bien que son dos soit un peu comprimé.
इस बात के बावजूद कि उसकी पीठ थोड़ी दबी हुई थी।

Il ne pouvait plus non plus lever la tête sous le canapé.
वह अब सोफे के नीचे अपना सिर भी नहीं उठा पा रहा था।

Mais même cela, il préférait éviter de se trouver dans un espace ouvert.
लेकिन इसके बावजूद भी वह किसी खुली जगह पर रहना पसंद करते थे।

Il regrettait toutefois que son corps soit si large.

हालाँकि, उन्हें इस बात का अफ़सोस था कि उनका शरीर इतना चौड़ा था।

Le canapé ne pouvait pas recouvrir entièrement son corps.
सोफ़ा उसके पूरे शरीर को पूरी तरह से ढक नहीं पाया।

Il est resté sous le canapé toute la nuit.
वह पूरी रात सोफे के नीचे ही रहा।

Il passa la nuit à moitié endormi, troublé par sa faim.
वह रात भूख से परेशान होकर आधी नींद में बिताई।

Et le temps qu'il passait éveillé, il le consacrait soit à s'inquiéter, soit à espérer.
और जागते हुए समय वह या तो चिंता में या उम्मीद में बिताता था।

Mais tous ses vagues espoirs menaient à la même conclusion.
लेकिन उसकी सारी धुंधली उम्मीदें एक ही नतीजे पर पहुंचीं।

Il n'avait d'autre choix que de rester silencieux pour le moment.
उसके पास उस समय चुप रहने के अलावा कोई चारा नहीं था।

Il devait faire preuve de patience et de considération envers la famille.
उन्हें परिवार के प्रति धैर्य और ध्यान रखना था।

C'était le seul moyen de rendre ce désagrément supportable.
असुविधा को सहने लायक बनाने का यही एकमात्र तरीका था।

Le désagrément qu'il imposait désormais à la famille.
वह अब परिवार पर परेशानी डाल रहा था।

Il n'a pas eu à attendre longtemps pour prouver sa compassion.
उसे अपनी दया साबित करने के लिए ज़्यादा इंतज़ार नहीं करना पड़ा।

Tôt le matin, sa sœur jeta un coup d'œil dans sa chambre.
सुबह-सुबह बहन ने उसके कमरे में झाँका।

En réalité, c'était autant la nuit que le matin.
हालाँकि असल में यह उतनी ही रात थी जितनी सुबह।

Elle était entièrement habillée et semblait éprouver de l'excitation.
वह पूरी तरह से तैयार थी और उत्साह दिखा रही थी।

La solidité de sa décision nouvellement prise pourrait être mise à l'épreuve.
उनके नए फ़ैसले की मज़बूती का टेस्ट किया जा सकता है।

Elle ne l'a pas immédiatement repéré au premier coup d'œil.
पहली नज़र में उसे वह तुरंत नहीं मिला।

Il devait forcément être quelque part ; il n'aurait pas pu s'envoler.
उसे कहीं तो होना ही था; वह उड़कर दूर नहीं जा सकता था।

Puis son regard parcourut une seconde fois la pièce.
लेकिन तभी उसकी नज़रें कमरे पर फिर से घूमीं।

Et cette fois, elle a aperçu son torse sous le canapé.
और इस बार उसने सोफे के नीचे उसका धड़ देखा।

Elle était si effrayée qu'elle a perdu tout contrôle d'elle-même.
वह इतनी डर गई कि उसने अपना सारा सेल्फ-कंट्रोल खो दिया।

Et sa première réaction fut de claquer la porte à nouveau.
और उसका पहला रिएक्शन था कि उसने दरवाज़ा फिर से ज़ोर से बंद कर दिया।

Mais elle a aussi semblé immédiatement regretter son comportement.
लेकिन उसे तुरंत अपने बर्ताव पर पछतावा भी हुआ।

Aussitôt qu'elle eut claqué la porte, elle la rouvrit.
जैसे ही उसने दरवाज़ा ज़ोर से बंद किया, उसने उसे फिर से खोल दिया।

Et cette fois, elle entra dans la pièce sur la pointe des pieds.
और इस बार वह धीरे-धीरे दबे पाँव कमरे में चली गई।

Elle se déplaçait comme si elle rendait visite à une personne gravement malade.
वह ऐसे चल रही थी जैसे किसी गंभीर रूप से बीमार व्यक्ति से मिलने आई हो।

Ou bien elle rendait visite à un parfait inconnu.
या हो सकता है कि वह किसी अजनबी से मिलने गई हो।

Gregor poussa sa tête presque jusqu'au bord du canapé.
ग्रेगर ने अपना सिर लगभग सोफे के किनारे तक धकेल दिया।

Et, caché sous le coffre-fort, il l'observait dans la pièce.
और सेफ के नीचे से वह उसे कमरे में देखता रहा।

Allait-elle remarquer qu'il avait oublié le lait ?
क्या उसे पता चलेगा कि उसने दूध छोड़ दिया है?

Il n'avait pas laissé le lait par manque de faim.
उसने भूख की कमी के कारण दूध नहीं छोड़ा था।

Allait-elle lui apporter un autre plat ?
क्या वह उसके लिए अलग खाना लाने वाली थी?

Peut-être un plat qui corresponde mieux à ses goûts.
शायद कोई ऐसी डिश जो उनकी पसंद के हिसाब से ज़्यादा सही हो।

Mais elle aurait dû remarquer elle-même son appétit.
लेकिन उसे खुद उसकी भूख पर ध्यान देना होगा।

Il aurait préféré mourir de faim plutôt que de lui en parler.
वह उसे यह बताने के बजाय भूखा रहना पसंद करता।

En réalité, il aurait beaucoup aimé le lui dire.
असल में वह उसे बताना बहुत चाहता था।

Il était vraiment tenté de tirer sur lui depuis sous le canapé.
उसका सच में सोफे के नीचे से बाहर निकलने का मन कर रहा था।

Il avait envie de se jeter aux pieds de sa sœur.
वह अपनी बहन के पैरों पर गिरना चाहता था।

Et il voulait lui demander quelque chose de bon à manger.
और वह उससे खाने के लिए कुछ अच्छा मांगना चाहता था।

Mais la sœur regarda alors le bol de lait.
लेकिन तभी बहन ने दूध के कटोरे की ओर देखा।

Elle remarqua aussitôt que le bol était encore plein.
उसने तुरंत देखा कि कटोरा अभी भी भरा हुआ था।

Elle était plutôt surprise que Gregor n'ait rien mangé.

वह काफी हैरान थी कि ग्रेगर ने कुछ भी नहीं खाया था।

Seul un peu de lait avait été renversé sur le sol.
फर्श पर थोड़ा सा दूध ही गिरा था।

Elle a aussitôt ramassé le bol et l'a emporté.
उसने तुरंत कटोरा उठाया और बाहर ले गई।

Il vit qu'elle ne ramassait pas le bol à mains nues.
उसने देखा कि उसने अपने नंगे हाथों से कटोरा नहीं उठाया।

Au lieu de cela, elle ramassa le bol à l'aide d'un des chiffons.
इसके बजाय उसने एक कपड़े का इस्तेमाल करके कटोरा उठा लिया।

Mais Gregor oublia très vite ce petit détail.
लेकिन ग्रेगर बहुत जल्दी इस छोटी सी बात को भूल गया।

Il était désormais beaucoup plus enthousiaste à propos
d'autre chose.
अब वह किसी और चीज़ को लेकर ज़्यादा उत्साहित था।

Qu'est-ce qu'elle pourrait apporter à la place du lait ?
दूध के बदले वह क्या ला सकती है?

Il avait diverses idées sur ce qu'elle pourrait apporter.
उसके मन में कई तरह के विचार थे कि वह क्या ला सकती है।

Mais la gentillesse de sa sœur a dépassé ses espérances.
लेकिन उसकी बहन की दयालुता उसकी उम्मीदों से बढ़कर थी।

Elle comprit qu'elle devait tester ses nouveaux goûts.
उसे एहसास हुआ कि उसे यह टेस्ट करना होगा कि उसके नए टेस्ट क्या
हैं।

Elle a donc apporté toute une sélection de plats différents.
तो वह अलग-अलग तरह का खाना लेकर आई।

Légumes à moitié pourris, os du repas du soir.
आधी सड़ी हुई सब्ज़ियाँ, शाम के खाने की हड्डियाँ।

De la sauce solidifiée provenant de leur autre repas.
दूसरे खाने से बनी सॉस जम गई थी जो उन्होंने खाई थी।

Quelques raisins secs, des amandes, du pain sec, du pain
beurré.

कुछ किशमिश, कुछ बादाम, सूखी रोटी, बटर ब्रेड।

Du pain beurré et salé.
कुछ ब्रेड जिस पर मक्खन और नमक भी लगा था।

Du fromage que Gregor avait déclaré immangeable il y a deux jours.
पनीर जिसे ग्रेगर ने दो दिन पहले खाने लायक नहीं बताया था।

Toute cette sélection de nourriture était disposée sur un journal.
खाने की यह सारी चीज़ें एक अखबार पर रखी गई थीं।

Elle a également placé un bol d'eau à côté de ses repas.
और उसने उसके खाने के पास पानी का एक कटोरा भी रख दिया।

Elle savait que Gregor n'aurait pas mangé devant elle.
वह जानती थी कि ग्रेगर उसके सामने खाना नहीं खाएगा।

Par respect pour lui, elle quitta de nouveau la pièce.
इसलिए उसके सम्मान में वह फिर से कमरे से बाहर चली गई।

Et elle a même tourné la clé dans la serrure en partant.
और जाते समय उसने ताले में चाबी भी घुमा दी।

Mais elle tourna la clé très doucement et avec précaution.
लेकिन उसने चाबी बहुत धीरे और सावधानी से घुमाई।

De cette façon, seul Gregor saurait que la porte était verrouillée.
इस तरह सिर्फ़ ग्रेगर को ही पता चलेगा कि दरवाज़ा बंद है।

Il pouvait désormais s'installer aussi confortablement qu'il le souhaitait.
अब वह खुद को जितना चाहे उतना आरामदायक बना सकता था।

Les jambes de Gregor s'agitaient frénétiquement à l'heure du repas.
जब खाने का समय हुआ तो ग्रेगर के पैर फड़फड़ा रहे थे।

Il est à noter qu'il ne ressentait plus aucune gêne.
ध्यान देने वाली बात यह है कि अब उन्हें कोई परेशानी महसूस नहीं हो रही थी।

Ses blessures doivent déjà être complètement guéries.

उसके घाव तो पहले ही पूरी तरह भर गए होंगे।

Parce qu'il ne ressentait plus ses anciens handicaps.
क्योंकि अब उसे अपनी पिछली कमज़ोरियाँ महसूस नहीं होती थीं।

Sa nouvelle capacité de guérison le surprit et l'émerveilla.
ठीक करने की उसकी नई काबिलियत ने उसे हैरान और अचंभित कर दिया।

Il y a plus d'un mois, il s'est coupé le doigt avec un couteau.
एक महीने से भी ज़्यादा समय पहले उसने चाकू से अपनी उंगली काट ली थी।

Il y a encore deux jours, cette blessure le faisait souffrir.
दो दिन पहले तक वह घाव उसे दर्द दे रहा था।

« Suis-je beaucoup moins sensible maintenant ? » pensa-t-il.
"क्या अब मैं पहले से कम सेंसिटिव हो गया हूँ?" उसने मन ही मन सोचा।

À ce moment-là, il suçait déjà goulûment le fromage.
अब तक वह लालच से पनीर चूस रहा था।

Il était plus attiré par le fromage que par les autres aliments.
वह दूसरे खाने की चीज़ों के मुकाबले पनीर की तरफ ज़्यादा आकर्षित था।

Il mangeait rapidement un morceau de fromage après l'autre.
उसने जल्दी-जल्दी एक के बाद एक पनीर का टुकड़ा खाया।

Ses yeux s'embuèrent de satisfaction à la vue de ce goût.
इसका स्वाद पाकर उसकी आँखों में संतोष के साथ आँसू आ गए।

Après le fromage, il mangea les légumes et la sauce.
पनीर के बाद उसने सब्जियां और सॉस खाया।

Cependant, les aliments frais ne lui plaisaient pas.
हालाँकि, ताज़ा खाना उसे अच्छा नहीं लगा।

En fait, il ne supportait même pas l'odeur des aliments frais.
असल में वह ताज़े खाने की खुशबू भी बर्दाश्त नहीं कर पाता था।

Il a même éloigné les autres aliments des aliments frais.
उसने दूसरे खाने को भी ताज़े खाने से दूर खींच लिया।

Et il a très vite terminé la nourriture la plus comestible.
और बहुत जल्दी उसने सबसे ज़्यादा खाने लायक खाना खत्म कर दिया।

Tous ces mets délicieux avaient un effet soporifique sur lui.
सारे स्वादिष्ट खाने का उस पर नींद लाने वाला असर हुआ।

Et il s'allongea paresseusement à l'endroit où il avait mangé.
और वह उसी जगह पर आलस से लेट गया जहाँ उसने खाना खाया था।

Finalement, sa sœur est revenue prendre de ses nouvelles.
आखिरकार उसकी बहन फिर से उसे देखने के लिए वापस आई।

Elle a eu la prévoyance de tourner la clé très lentement.
उसने चाबी को बहुत धीरे-धीरे घुमाने की दूरदर्शिता दिखाई।

Cela a averti Gregor qu'il devait se retirer.
इससे ग्रेगर को चेतावनी मिली कि उसे पीछे हट जाना चाहिए।

Étourdi et surpris, il se précipita sous le canapé.
हैरान और चौंककर वह जल्दी से सोफे के नीचे चला गया।

Mais rester sous le canapé n'était pas si facile cette fois-ci.
लेकिन इस बार सोफे के नीचे रहना इतना आसान नहीं था।

Son corps s'était un peu arrondi à cause de toute cette
nourriture.
सारा खाना खाने से उसका शरीर थोड़ा गोल हो गया था।

Et il devait se retenir pour ne pas s'épuiser à nouveau.
और उसे खुद पर काबू रखना पड़ा ताकि वह फिर से बाहर न भागे।

Même si la sœur n'est pas restée longtemps dans la chambre.
हालांकि बहन कमरे में ज़्यादा देर तक नहीं रुकी।

Il avait du mal à respirer dans cet espace étroit.
उस तंग जगह में उसे सांस लेने में दिक्कत हो रही थी।

Mais il a surmonté ces petites crises d'étouffement.
लेकिन वह घुटन के छोटे-मोटे दौरों से गुज़रता रहा।

Les yeux exorbités, il observait les agissements de sa sœur.
वह उभरी हुई आँखों से बहन की गतिविधियों को देखता रहा।

La sœur, sans se douter de rien, a tout versé dans un seau.
अनजान बहन ने सब कुछ एक बाल्टी में डाल दिया।

Elle s'est non seulement débarrassée de la nourriture que Gregor n'avait pas mangée, mais elle l'a fait.
उसने न केवल वह खाना फेंक दिया जो ग्रेगर ने नहीं खाया था।

Mais elle jetait aussi la nourriture qu'il n'avait pas touchée.
लेकिन उसने वह खाना भी फेंक दिया जिसे उसने छुआ नहीं था।

Apparemment, cet aliment n'était plus comestible pour personne.
जाहिर है कि अब वह खाना किसी के खाने लायक नहीं रहा।

Elle referma ensuite le seau à nourriture avec un couvercle en bois.
फिर उसने खाने की बाल्टी को लकड़ी के ढक्कन से बंद कर दिया।

Et avec la nourriture, le seau et la serpillière, elle est partie.
और खाना, बाल्टी और पोछा लेकर वह चली गई।

Gregor n'aurait pas pu attendre beaucoup plus longtemps.
ग्रेगर अब और अधिक इंतजार नहीं कर सकता था।

Dès qu'elle fut partie, il s'échappa de sous le canapé.
जैसे ही वह चली गई, वह सोफे के नीचे से भाग गया।

Il s'étira et souffla de soulagement.
और उसने खुद को फैलाया और राहत की सांस ली।

C'est ainsi que Gregor recevait de la nourriture de temps à autre.
ग्रेगर को अब से हर बार इसी तरह खाना मिलता था।

Sa sœur lui a donné à manger une fois, tôt le matin.
उसकी बहन ने उसे सुबह-सुबह एक बार खाना दिया।

À cette heure-ci, les parents et la bonne dormaient encore.
इस समय माता-पिता और नौकरानी अभी भी सो रहे थे।

Et il a reçu un deuxième repas après le déjeuner de tout le monde.
और सबके लंच के बाद उसे दूसरा खाना मिला।

Car à ce moment-là, les parents dormaient aussi un peu.

क्योंकि उस समय माता-पिता भी थोड़ी देर के लिए सो गए थे।

Et la servante fut envoyée par la sœur faire une course.
और नौकरानी को बहन ने किसी काम से भेज दिया।

Ils n'avaient certainement aucune intention de laisser
Gregor mourir de faim.
उनका ग्रेगर को भूखा मारने का कोई इरादा नहीं था।

Mais ils n'auraient pas voulu le regarder manger non plus.
लेकिन वे उसे खाते हुए भी नहीं देखना चाहते थे।

Les informations fournies par la sœur étaient suffisantes.
बहन ने जो बताया वह काफी जानकारी थी।

C'était peut-être sa façon d'épargner aux parents leur
chagrin.
शायद यह माता-पिता को दुख से बचाने का उसका तरीका था।

Ils avaient déjà suffisamment souffert de ses actes.
वे पहले ही उसके कामों से काफी परेशान हो चुके थे।

Le premier jour s'estompait peu à peu dans les mémoires.
पहला दिन धीरे-धीरे एक पुरानी याद बनता जा रहा था।

Gregor n'avait aucun moyen de savoir ce qui s'était passé ce
jour-là.
ग्रेगर को यह जानने का कोई तरीका नहीं था कि उस दिन क्या हुआ था।

Comment le serrurier a-t-il été conduit hors de l'appartement
?
ताला बनाने वाले को अपार्टमेंट से बाहर कैसे निकाला गया?

Quelles excuses ont finalement satisfait le médecin ?
डॉक्टर आखिर किन बहानों से संतुष्ट हुए?

Il n'avait trouvé aucun moyen de se faire comprendre.
उसे खुद को समझाने का कोई तरीका नहीं मिला था।

Il n'a même pas réussi à communiquer avec sa sœur.
वह अपनी बहन से भी बातचीत नहीं कर पाया।

Ils en conclurent donc qu'il ne pouvait pas les comprendre.

और इसलिए उन्हें लगा कि वह उन्हें समझ नहीं सकता।

C'est pourquoi aucun effort ne fut fait pour lui parler.
और इसलिए उससे बात करने की कोई कोशिश नहीं की गई।

Sa sœur venait dans sa chambre tous les matins et à midi.
उसकी बहन हर सुबह और लंच के समय उसके कमरे में आती थी।

Mais il devait se contenter d'entendre ses soupirs.
लेकिन उसे उसकी आहें सुनकर ही संतुष्ट होना पड़ा।

Plus tard, elle s'est un peu plus habituée à la forme de Gregor.
बाद में उसे ग्रेगर के रूप की थोड़ी और आदत हो गई।

Et elle se sentait un peu plus libre de faire davantage de remarques.
और उसे और ज़्यादा बातें करने की थोड़ी और आज़ादी महसूस हुई।

(Même si elle ne s'y habituerait jamais complètement.)
(हालांकि वह कभी भी पूरी तरह से उसकी आदत नहीं डाल पाएगी।)

Et puis Gregor eut de nouveau l'impression qu'on lui parlait un peu plus.
और फिर ग्रेगर को फिर से थोड़ा ज़्यादा बोलने का एहसास हुआ।

Et il a perçu ce qu'il considérait comme des commentaires amicaux.
और उसे वो कमेंट्स मिले जो उसे फ्रेंडली लगे।

"Il a apprécié son repas aujourd'hui", ou "il a tout mangé".
"आज उसे खाना बहुत पसंद आया," या "उसने सब कुछ खा लिया।"

Mais cela n'arrivait que lorsqu'il avait fini de manger.
लेकिन ऐसा तब हुआ जब उसने अपना सारा खाना खा लिया था।

Mais récemment, cela devenait de plus en plus rare.
लेकिन हाल ही में ऐसा होना बहुत कम होता जा रहा था।

« Il touchait à peine à sa nourriture », disait-elle plus souvent maintenant.
"वह अपना खाना मुश्किल से ही छूता था," वह अब अक्सर कहती थी।

Et il y avait une pointe de tristesse dans sa voix à chaque fois.

और हर बार उसकी आवाज़ में उदासी का भाव था।

Gregor ne pouvait entendre aucune autre nouvelle plus
directement.
ग्रेगर कोई और खबर सीधे तौर पर नहीं सुन सका।

Mais il a entendu beaucoup de choses se dire dans les pièces
voisines.
लेकिन उसने बगल के कमरों से बहुत सारी खबरें सुनीं।

Lorsqu'il a entendu des voix, il a couru vers la porte
correspondante.
जब उसने आवाज़ें सुनीं तो वह उसी दरवाज़े की तरफ़ भागा।

Et il a plaqué tout son corps contre la porte pour entendre.
और उसने सुनने के लिए अपना पूरा शरीर दरवाज़े से सटा लिया।

Toutes les conversations le concernaient d'une manière ou
d'une autre.
सभी बातचीत किसी न किसी तरह से उससे जुड़ी हुई थी।

Même lorsque le sujet semblait porter sur autre chose.
तब भी जब टॉपिक कुछ और ही लग रहा था।

Cette observation était particulièrement vraie au début.
यह बात शुरुआती दिनों में खास तौर पर सच थी।

À chaque repas, ils répétaient la même discussion.
हर बार खाने के दौरान वे यही बात दोहराते थे।

Ils ne savaient toujours pas comment se comporter en sa
présence.
वे अभी भी इस बात को लेकर श्योर नहीं थे कि उसके आस-पास कैसा
बिहेव करें।

Mais le même sujet a également été abordé entre les repas.
लेकिन खाने के बीच भी इसी टॉपिक पर चर्चा हुई।

Parce qu'il y avait toujours deux membres de la famille à la
maison.
क्योंकि घर पर हमेशा परिवार के दो सदस्य रहते थे।

Personne ne voulait rester seul à la maison.
कोई भी अकेले घर में नहीं रहना चाहता था।

Mais laisser l'appartement vide était également hors de question.
लेकिन फ्लैट खाली छोड़ने का सवाल ही नहीं उठता था।

La femme de ménage était la seule à ne pas être attachée à l'appartement.
नौकरानी ही अकेली थी जो अपार्टमेंट में नहीं रहती थी।

Elle avait déjà demandé à partir dès le premier jour.
उसने पहले ही दिन जाने के लिए कह दिया था।

Elle s'est agenouillée et a supplié qu'on la renvoie.
वह घुटनों के बल बैठ गई और उसे निकालने की गुहार लगाने लगी।

La famille ignorait l'étendue des connaissances de la bonne.
परिवार को नहीं पता था कि नौकरानी असल में कितना जानती थी।

À ce stade, elle n'en avait pas vu plus que quiconque.
उस समय तक उसने किसी और से ज़्यादा कुछ नहीं देखा था।

Ce qui s'était passé restait un mystère pour la famille.
जो हुआ था वह परिवार के लिए अभी भी एक रहस्य था।

Mais un quart d'heure plus tard, elle fit ses adieux.
लेकिन पंद्रह मिनट बाद उसने अलविदा कहा।

Et elle a remercié la famille, les larmes aux yeux.
और उसने आंखों में आंसू भरकर परिवार को धन्यवाद दिया।

Mais en réalité, elle les remerciait de l'avoir libérée.
लेकिन असल में उसने उन्हें उसे रिहा करने के लिए धन्यवाद दिया।

Ils semblaient lui avoir témoigné la plus grande bienveillance.
ऐसा लगा कि उन्होंने उस पर बहुत दया दिखाई।

Elle a même prêté serment, sans qu'on le lui demande.
उसने बिना पूछे ही शपथ भी ले ली।

Elle a dit qu'elle ne dirait à personne ce qui s'était passé.
उसने कहा कि वह किसी को नहीं बताएगी कि क्या हुआ था।

Désormais, la sœur devait cuisiner avec sa mère.
अब बहन को अपनी मां के साथ मिलकर खाना बनाना पड़ता था।

Mais ce n'était pas vraiment un inconvénient majeur.

लेकिन यह सच में कोई बहुत ज़्यादा परेशानी वाली बात नहीं थी।

Parce que de toute façon, ils n'avaient presque rien mangé tous les deux.
क्योंकि उन दोनों ने वैसे भी लगभग कुछ भी नहीं खाया था।

Gregor surprenait sans cesse la même conversation.
ग्रेगर ने बार-बार वही बातचीत सुनी।

L'un disait à l'autre qu'il devait manger davantage.
एक व्यक्ति दूसरे से कह रहा था कि उन्हें और खाना चाहिए।

Mais cette personne n'a reçu aucune réponse de son interlocuteur.
लेकिन उस व्यक्ति को उस व्यक्ति से कोई जवाब नहीं मिला।

« Merci, j'en ai assez », ou quelque chose de similaire.
"धन्यवाद, मेरे पास काफी है", या कुछ ऐसा ही।

Peut-être qu'eux non plus ne buvaient plus rien.
शायद उन्होंने अब कुछ भी नहीं पिया।

Sa sœur demandait souvent à son père s'il voulait de la bière.
बहन अक्सर अपने पिता से पूछती थी कि क्या उन्हें बीयर चाहिए।

Et elle a proposé chaleureusement d'aller chercher la bière elle-même.
और उसने प्यार से खुद बीयर लाने की पेशकश की।

Le père gardait toujours le silence à sa demande.
उसके अनुरोध पर पिता हमेशा चुप रहते थे।

La sœur devait donc trouver un moyen de dissiper tout doute.
इसलिए बहन को किसी भी शक को दूर करने का कोई रास्ता निकालना पड़ा।

Et elle a dit qu'elle enverrait la bonne chercher de la bière.
और उसने कहा कि वह नौकरानी को कुछ बियर लाने के लिए भेजेगी।

Mais finalement, le père a dit un grand « non » retentissant.
लेकिन फिर पिता ने आखिरकार ज़ोर से कहा, "नहीं"।

Puis, on n'a plus évoqué le fait qu'il boive une bière.

फिर उसके बीयर पीने की बात पर बात नहीं हुई।

Il avait déjà expliqué la situation financière auparavant.
उन्होंने पहले ही फाइनेंशियल स्थिति के बारे में बता दिया था।

En fait, il a évoqué les finances dès le premier jour.
असल में, उन्होंने पहले ही दिन फाइनेंस का ज़िक्र किया।

Il leur a bien fait comprendre quelles étaient les perspectives.
उन्होंने उन्हें अच्छी तरह से बताया कि आगे क्या होने वाला है।

Sa propre entreprise avait fait faillite il y a environ cinq ans.
उनका अपना बिज़नेस लगभग पांच साल पहले बंद हो गया था।

De temps en temps, il se levait pour quitter la table.
बीच-बीच में वह टेबल से उठने के लिए उठ जाता था।

Et il se dirigea vers la caisse de son ancien commerce.
और वह अपने पुराने बिज़नेस के कैश रजिस्टर के पास गया।

Il avait conservé la caisse enregistreuse par sentimentalisme.
उसने भावुकता के कारण कैश रजिस्टर को बचा लिया था।

Gregor l'entendit déverrouiller une serrure lourde et complexe.
ग्रेगर ने उसे एक भारी और मुश्किल ताला खोलते हुए सुना।

Et il sortit des reçus et des livres de comptes de la caisse.
और उसने कैश बॉक्स से रसीदें और किताबें निकालीं।

Après avoir pris les objets, il a refermé la caisse à clé.
सामान लेने के बाद उसने कैश बॉक्स को फिर से बंद कर दिया।

Gregor n'avait entendu aucune bonne nouvelle depuis son emprisonnement.
ग्रेगर को जेल जाने के बाद से कोई अच्छी खबर नहीं मिली थी।

Il pensait que l'entreprise avait ruiné son père.
उसे लगा कि इस बिज़नेस ने उसके पिता को दिवालिया बना दिया है।

Le père avait certainement donné cette impression à Gregor.
पिता ने निश्चित रूप से ग्रेगर को ऐसा ही आभास दिया था।

Et Gregor ne lui a plus jamais posé de questions sur les finances.

और ग्रेगर ने उनसे फाइनेंस के बारे में और कभी नहीं पूछा।

Gregor voulait faire tout son possible pour aider la famille.
ग्रेगर परिवार की मदद के लिए हरसंभव प्रयास करना चाहता था।

Il voulait les aider à oublier leurs difficultés financières.
वह उन्हें बिज़नेस की बुरी हालत को भूलने में मदद करना चाहता था।

La faillite qui a engendré un désespoir total.
दिवालियापन जिसने पूरी तरह से निराशा ला दी।

Il s'est donc mis à travailler avec une passion toute particulière.
इसलिए उन्होंने बहुत ही खास जुनून के साथ काम करना शुरू कर दिया।

Il était devenu représentant de commerce itinérant presque du jour au lendemain.
वह लगभग रातों-रात ट्रैवलिंग सेल्समैन बन गया था।

Avant cela, il n'avait travaillé que comme commis mal payé.
इससे पहले वह कम सैलरी वाले क्लर्क के तौर पर काम करता था।

Il avait désormais des opportunités de gains complètement différentes.
अब उनके पास कमाई के बिल्कुल अलग मौके थे।

Les ventes réussies pouvaient être immédiatement converties en liquidités.
सफल बिक्री को तुरंत कैश में बदला जा सकता है।

L'argent étant bien sûr versé sur ses commissions.
बेशक, यह कैश उनके कमीशन से दिया जा रहा है।

Désormais, Gregor pouvait mettre de l'argent sur la table familiale.
अब ग्रेगर परिवार के लिए पैसे जुटाने में सक्षम था।

Et ils étaient étonnés et ravis de ses gains.
और वे उसकी कमाई से हैरान और खुश थे।

Mais ces beaux moments ne se reproduiront plus.
लेकिन वो खूबसूरत पल दोबारा नहीं आएंगे।

Ils commençaient tout juste à s'habituer à cette période faste.
उन्हें अभी-अभी इन अच्छे दिनों की आदत पड़ी थी।

À chaque paie, la famille acceptait l'argent avec gratitude.
हर सैलरी वाले दिन परिवार खुशी-खुशी पैसे ले लेता था।

Et Gregor était tout aussi heureux de remettre l'argent.
और ग्रेगर भी पैसे देने में उतना ही खुश था।

Mais la chaleureuse affection qu'elle suscitait en retour s'est
peu à peu éteinte.
लेकिन बदले में मिला प्यार धीरे-धीरे खत्म हो गया।

Seule sa sœur restait aussi proche de Gregor qu'auparavant.
केवल उसकी बहन ही ग्रेगर के पहले की तरह करीब रही।

Elle, contrairement à Gregor, avait une profonde
appréciation pour la musique.
ग्रेगर के विपरीत, उसे संगीत की गहरी समझ थी।

Et elle savait jouer du violon d'une manière très touchante.
और वह वायलिन को बहुत ही प्यार से बजाना जानती थी।

Gregor avait secrètement prévu de l'envoyer dans une école
de musique.
ग्रेगर ने चुपके से उसे म्यूज़िक स्कूल भेजने का प्लान बनाया।

Il n'avait pas encore décidé comment il réglerait les
dépenses.
उन्होंने अभी तक यह तय नहीं किया था कि वे खर्च कैसे उठाएंगे।

Mais d'une manière ou d'une autre, il couvrirait les frais.
लेकिन किसी न किसी तरह से वह खर्च निकाल ही लेगा।

De temps en temps, Gregor et sa famille partaient en courts
séjours.
कभी-कभी ग्रेगर और परिवार छोटी यात्राओं पर जाते थे।

Gregor et sa sœur abordaient souvent ce sujet.
ग्रेगर और बहन अक्सर इस विषय पर बात करते थे।

Mais cela n'a jamais été évoqué que comme une idée
merveilleuse.
लेकिन इसका ज़िक्र हमेशा एक शानदार आइडिया के तौर पर ही किया
गया।

Ils ne croyaient pas vraiment que ce rêve puisse se réaliser.

उन्हें सच में विश्वास नहीं था कि सपना पूरा हो सकता है।

Et les parents n'appréciaient pas de telles ambitions fantaisistes.
और माता-पिता को ऐसी मनगढ़ंत महत्वाकांक्षाएं पसंद नहीं थीं।

Même lorsque le sujet a été abordé de manière tout à fait innocente.
तब भी जब यह टॉपिक बहुत मासूमियत से उठाया गया था।

Mais Gregor continuait de penser à l'école de musique.
लेकिन ग्रेगर म्यूज़िक स्कूल के बारे में सोचता रहा।

Et il prévoyait d'annoncer le cadeau la veille de Noël.
और उन्होंने क्रिसमस की शाम को तोहफ़े की घोषणा करने की योजना बनाई।

Bien sûr, dans son état actuel, ce serait impossible.
बेशक, उनकी अभी की हालत में यह नामुमकिन होगा।

Mais ce genre de pensées lui traversait l'esprit.
लेकिन इस तरह के विचार उसके दिमाग में आते रहे।

Et telles étaient les pensées qui lui traversaient l'esprit en écoutant sa famille.
और परिवार की बातें सुनते हुए उसके मन में ऐसे ही विचार आए।

Parfois, il était trop fatigué pour continuer à les écouter.
कभी-कभी तो वह उनकी बातें सुनते-सुनते थक जाता था।

Sa tête s'est affaissée contre la porte, rongée par la fatigue.
थकान के कारण उसका सिर दरवाज़े से टकरा गया।

Mais il appuya aussitôt de nouveau sa tête contre la porte.
लेकिन उसने तुरंत अपना सिर फिर से दरवाजे से लगा लिया।

Car même le moindre bruit s'entendait à l'extérieur.
क्योंकि बाहर हल्की सी भी आवाज़ सुनाई दे सकती थी।

Et le moindre bruit qu'il faisait plongeait la famille dans le silence.
और उसके द्वारा किया गया कोई भी शोर परिवार को चुप करा देता।

« Que fait-il maintenant ? » demanda le père à sa famille.

"वह अभी क्या कर रहा है?" पिता ने परिवार से पूछा।

Il alla à la porte pour vérifier d'où venait le bruit.
और वह यह देखने के लिए दरवाजे पर गया कि शोर क्या है।

Puis la conversation interrompue a repris progressivement.
और फिर रुकी हुई बातचीत धीरे-धीरे फिर से शुरू हो गई।

Mais les paroles du père ont agréablement surpris tout le monde.
लेकिन पिता ने जो कहा उससे सभी हैरान रह गए।

Gregor apprit alors la véritable situation financière.
ग्रेगर को अब फाइनेंस की असली स्थिति का पता चल गया।

Malgré tous ces malheurs, il y a eu aussi un peu de chance.
सारी मुसीबतों के बावजूद, कुछ अच्छी किस्मत भी थी।

Une petite fortune d'antan était encore là.
पुराने दिनों की एक बहुत छोटी सी दौलत अभी भी वहाँ थी।

Le père a expliqué les choses, mais a dû se répéter.
पिता ने बातें तो समझाईं, लेकिन उन्हें अपनी बात दोहरानी पड़ी।

Parce qu'il ne s'était pas occupé de ces choses depuis un certain temps.
क्योंकि उसने कुछ समय से इन चीज़ों से डील नहीं किया था।

Et parce que la mère ne comprenait pas de telles choses.
और क्योंकि माँ को ऐसी बातें समझ में नहीं आती थीं।

Les taux d'intérêt de la banque avaient légèrement augmenté.
बैंक की ब्याज दरें थोड़ी बढ़ गई थीं।

L'argent non utilisé avait augmenté plus que prévu.
बचा हुआ पैसा उम्मीद से ज़्यादा बढ़ गया था।

De plus, Gregor leur avait toujours donné ses économies.
इसके अलावा, ग्रेगर ने हमेशा उन्हें अपनी बचत दी थी।

Il n'avait jamais gardé que quelques florins pour lui-même.
उन्होंने अपने लिए बस कुछ ही गिल्डर्स रखे थे।

Et son argent n'avait pas été entièrement dépensé.

और उसका पैसा भी पूरी तरह खर्च नहीं हुआ था।

Ensemble, ces sommes avaient constitué un petit capital.
कुल मिलाकर यह पैसा एक छोटी पूंजी बन गया था।

Gregor, derrière sa porte, hocha la tête avec enthousiasme à la nouvelle.
ग्रेगर ने अपने दरवाज़े के पीछे खड़े होकर, इस खबर पर उत्सुकता से सिर हिलाया।

Il était ravi de cette prudence et de cette frugalité inattendues.
वह इस अचानक सावधानी और बचत से खुश थे।

Les fonds excédentaires auraient pu servir à rembourser la dette.
सरप्लस फंड का इस्तेमाल कर्ज़ चुकाने के लिए किया जा सकता था।

Ils n'auraient alors plus rien dû au patron.
तब उन्हें बॉस को कुछ भी देना नहीं पड़ता।

Et Gregor aurait pu changer d'emploi bien plus tôt.
और ग्रेगर बहुत पहले ही नई नौकरी पर जा सकता था।

Mais la façon dont le père s'y était pris était bien meilleure maintenant.
लेकिन अब पिता ने इसे जिस तरह से अरेंज किया था, वह बहुत बेहतर था।

L'argent ne suffisait pas tout à fait pour vivre des intérêts.
ब्याज से गुज़ारा करने के लिए पैसे काफ़ी नहीं थे।

Et il a fallu mettre de l'argent de côté pour les urgences.
और इमरजेंसी के लिए कुछ पैसे अलग रखने पड़े।

Cela n'aurait suffi que pour un an ou deux.
यह पैसा सिर्फ़ एक या दो साल के लिए ही काफ़ी होता।

Cela signifiait que quelqu'un devait gagner de l'argent pour qu'ils puissent vivre.
इसका मतलब था कि किसी को तो उनके जीने के लिए पैसे कमाने ही थे।

Le père n'était pas malade et il était assez fort.
पिता अस्वस्थ नहीं थे, और वे काफी मजबूत थे।

Mais il était sans emploi depuis plus de cinq ans.
लेकिन वह पांच साल से ज़्यादा समय से बेरोज़गार था।

Et, du fait de son âge, il lui restait peu de confiance en lui.
और, अपनी उम्र के कारण, उनमें बहुत कम आत्मविश्वास बचा था।

Il avait également pris beaucoup de poids ces derniers temps.
हाल ही में उनका वज़न भी काफी बढ़ गया था।

Sa vie avait toujours été ardue et infructueuse.
उनका जीवन हमेशा कठिन और असफल रहा।

Et c'étaient les premières vacances qu'il ait jamais prises.
और यह उसकी पहली छुट्टी थी।

Et, faute d'être occupé, il était devenu assez maladroit.
और बिना बिज़ी रखे वह काफी अनाड़ी हो गया था।

Ne serait-il pas préférable que la vieille mère gagne l'argent ?
क्या यह बेहतर होगा कि बूढ़ी माँ पैसे कमाए?

La vieille mère qui souffrait d'asthme.
बूढ़ी माँ जो अस्थमा से पीड़ित थी।

La vieille mère qui peinait à monter les escaliers.
वह बूढ़ी माँ जिसे सीढ़ियाँ चढ़ने में बहुत मुश्किल होती थी।

La vieille mère qui passait son temps allongée sur le canapé.
वह बूढ़ी माँ जो अपना समय सोफे पर लेटे हुए बिताती थी।

La vieille mère qui préférait rester près de la fenêtre.
बूढ़ी माँ जो खिड़की के पास रहना पसंद करती थी।

Pour qu'elle puisse reprendre son souffle quand elle en aurait besoin.
ताकि जब ज़रूरत हो तो वह सांस ले सके।

Ne serait-il pas préférable que ce soit la jeune sœur qui gagne l'argent ?
क्या यह बेहतर होगा कि छोटी बहन पैसे कमाए?

La sœur, qui à dix-sept ans n'était encore qu'une enfant.
बहन, जो सत्रह साल की थी, अभी भी बच्ची ही थी।

La sœur qui ne connaissait que quelques modestes plaisirs.
वह बहन जिसके पास बस कुछ मामूली सुख थे।

La sœur qui aimait surtout jouer du violon.
वह बहन जिसे ज़्यादातर वायलिन बजाने में मज़ा आता था।

Elle savait que son mode de vie antérieur était très enviable ;
वह जानती थी कि उसकी पिछली जीवन-शैली बहुत ईर्ष्यापूर्ण थी;

Bien s'habiller, faire la grasse matinée, aider à la maison.
अच्छे कपड़े पहनना, देर से उठना, घर में मदद करना।

La conversation tournait souvent autour de la nécessité de
gagner de l'argent.
बातचीत अक्सर पैसे कमाने की ज़रूरत पर आ जाती थी।

Gregor était toujours le premier à lâcher la porte.
ग्रेगर हमेशा दरवाज़ा छोड़ने वाला पहला व्यक्ति होता था।

Cette conversation l'avait rempli de honte et de chagrin.
बातचीत से वह शर्म और दुख से गर्म हो गया।

Il se laissa donc tomber sur le canapé en cuir qui
refroidissait.
तो वह ठंडे लेदर सोफे पर बैठ गया।

Et il passait souvent le reste de la nuit sur le canapé.
और वह अक्सर बाकी रात सोफे पर ही बिताता था।

Il ne dormait jamais vraiment sur le canapé, ni la nuit.
वह कभी सोफे पर नहीं सोता था, न ही रात में।

Souvent, il se contentait de gratter le cuir pendant des
heures.
अक्सर वह घंटों तक लेदर को खरोंचता रहता था।

D'autres fois, il poussait le fauteuil jusqu'à la fenêtre.
दूसरी बार वह कुर्सी को खिड़की के पास धकेल देता था।

Cela a nécessité à lui seul beaucoup d'efforts de sa part.
सिर्फ़ इसी काम के लिए उन्हें बहुत मेहनत करनी पड़ी।

Le fauteuil l'a aidé à ramper jusqu'au rebord de la fenêtre.

कुर्सी ने उसे खिड़की की चौखट पर चढ़ने में मदद की।

Et de là, il put s'appuyer contre la fenêtre.
और वहां से वह खिड़की के सहारे टिक सका।

Il éprouvait un grand sentiment de liberté en faisant cela.
ऐसा करने से उन्हें बहुत आज़ादी महसूस होती थी।

Peut-être recherchait-il une sensation de liberté d'antan.
शायद वह किसी पुरानी आज़ादी वाली फीलिंग की तलाश में था।

Mais sa vue n'était plus aussi perçante qu'avant.
लेकिन उनकी नज़र पहले जितनी तेज़ नहीं थी।

Les objets situés à une certaine distance étaient flous et indistincts.
थोड़ी दूरी पर चीज़ें धुंधली और साफ़ नहीं दिख रही थीं।

Il ne pouvait plus voir l'hôpital de l'autre côté de la rue.
अब उसे सड़क के उस पार अस्पताल दिखाई नहीं दे रहा था।

Avant, il maudissait le paysage, maintenant il voulait le voir.
पहले वह उस नज़ारे को कोसता था, अब वह उसे देखना चाहता था।

Il savait qu'il habitait dans la paisible Charlottenstrasse, en pleine ville.
वह जानता था कि वह शांत, शहरी चार्लोटिनस्ट्रासे में रहता है।

Mais il a peut-être cru qu'il regardait vers le désert.
लेकिन शायद उसे लगा होगा कि वह रेगिस्तान की ओर देख रहा है।

Un désert où le ciel gris et la terre grise se confondaient.
एक बंजर ज़मीन जहाँ ग्रे आसमान और ग्रे धरती एक हो गए थे।

La sœur attentive remarqua à deux reprises que la chaise avait bougé.
ध्यान देने वाली बहन ने दो बार देखा कि कुर्सी हिल गई थी।

Après avoir rangé, elle a repoussé la chaise vers la fenêtre.
साफ़-सफ़ाई करने के बाद, उसने कुर्सी को वापस खिड़की के पास धकेल दिया।

Et désormais, elle laissait même la fenêtre ouverte.
और अब से उसने खिड़की का साश भी खुला छोड़ दिया।

Gregor aurait vraiment souhaité pouvoir parler à sa sœur.
ग्रेगर सच में चाहता था कि वह अपनी बहन से बात कर पाता।

Il voulait la remercier pour tout ce qu'elle avait fait pour lui.
वह उसके लिए किए गए हर काम के लिए उसे धन्यवाद देना चाहता था।

Il aurait alors plus facilement toléré leurs services.
तब वह उनकी सेवाओं को ज़्यादा आसानी से सहन कर लेता।

Mais en l'état actuel des choses, il souffrait de son aide.
लेकिन जैसे हालात थे, उसे उसकी मदद से तकलीफ़ हुई।

La sœur, bien sûr, a tenté de dissimuler la gêne.
बहन ने बेशक शर्मिंदगी को छिपाने की कोशिश की।

Et elle faisait de son mieux pour feindre de ne pas se sentir
accablée.
और उसने यह दिखाने की पूरी कोशिश की कि उसे बोझ महसूस नहीं हो
रहा है।

Bien sûr, c'est quelque chose qu'elle devait d'abord
pratiquer.
बेशक, यह ऐसी चीज़ है जिसकी उसे पहले प्रैक्टिस करनी थी।

Et plus le temps passait, plus elle devenait douée.
और जैसे-जैसे समय बीतता गया, वह इसमें उतनी ही बेहतर होती गई।

Mais Gregor eut également plus de temps pour constater sa
supercherie.
लेकिन ग्रेगर को भी उसका दिखावा देखने के लिए और समय दिया
गया।

Même son entrée dans sa chambre était une épreuve pour
lui.
यहां तक कि उसके कमरे में उसका आना भी उसके लिए एक मुश्किल
काम था।

Dès qu'elle est entrée, elle a couru directement vers la
fenêtre.
जैसे ही वह अंदर आई, वह सीधे खिड़की की तरफ भागी।

Elle n'a même pas pris le temps de fermer la porte.

उसने दरवाज़ा बंद करने का भी समय नहीं निकाला।

Normalement, elle épargnait à tout le monde la vue de la chambre de Gregor.
आम तौर पर वह ग्रेगर के कमरे को सभी को देखने से बचाती थी।

Et elle ouvrit brusquement la fenêtre d'un geste rapide.
और उसने जल्दी-जल्दी हाथों से खिड़की खोल दी।

Puis elle reprit sa respiration comme si elle avait suffoqué.
फिर उसने फिर से सांस ली, जैसे उसका दम घुट रहा हो।

L'air qui entrait était froid, et elle respira profondément.
अंदर आ रही हवा ठंडी थी, और उसने गहरी सांस ली।

Mais elle resta néanmoins un moment près de la fenêtre.
लेकिन फिर भी वह कुछ देर तक खिड़की के पास ही रही।

Elle effrayait Gregor deux fois par jour avec ce rituel.
वह इस रूटीन से ग्रेगर को दिन में दो बार डराती थी।

Pendant qu'elle était dans la pièce, il tremblait sous le canapé.
जब वह कमरे में थी तो वह सोफे के नीचे कांप रहा था।

Il savait qu'elle aurait aimé lui épargner cette épreuve.
वह जानता था कि वह उसे इस मुश्किल से बचाना चाहती थी।

Mais elle ne pouvait pas rester dans la pièce avec la fenêtre fermée.
लेकिन वह खिड़की बंद करके कमरे में नहीं रह सकती थी।

Il y a eu une fois où elle est arrivée un peu plus tôt.
एक बार ऐसा हुआ जब वह थोड़ा पहले आ गई।

Probablement environ un mois après la transformation de Gregor.
शायद ग्रेगर के बदलाव के लगभग एक महीने बाद।

Elle s'était plus ou moins habituée à sa nouvelle apparence.
उसे उसके नए रूप की कुछ हद तक आदत हो गई थी।

Elle n'avait donc plus aucune raison d'être particulièrement choquée.

इसलिए अब उसके पास खास तौर पर हैरान होने की कोई वजह नहीं थी।

Elle le trouva toujours immobile, le regard fixé par la fenêtre.
उसने पाया कि वह अभी भी बिना हिले खिड़की से बाहर देख रहा था।

Il se trouvait dans le pire endroit où il aurait pu être.
वह सबसे भयानक जगह पर था जहां वह हो सकता था।

Il n'aurait pas été surpris si elle n'était pas entrée.
अगर वह अंदर नहीं आती तो उसे हैरानी नहीं होती।

Il l'empêcha d'ouvrir la fenêtre.
जहां उसे खिड़की खोलने से रोका गया।

Elle quitta rapidement la pièce et ferma la porte.
वह जल्दी से फिर कमरे से बाहर निकल गई और दरवाज़ा बंद कर लिया।

Un étranger aurait pu tirer toutes sortes de conclusions.
एक अजनबी हर तरह के नतीजे पर पहुंच सकता था।

Peut-être attendait-il simplement l'occasion de la mordre.
शायद वह उसे काटने के मौके का इंतज़ार कर रहा था।

Gregor, bien sûr, s'est immédiatement caché sous le canapé.
ग्रेगर, ज़ाहिर है, तुरंत सोफे के नीचे छिप गया।

Mais il dut attendre midi pour que sa sœur revienne.
लेकिन उसे अपनी बहन के लौटने के लिए दोपहर तक इंतज़ार करना पड़ा।

Et elle semblait beaucoup plus agitée que d'habitude.
और वह अपने रोज़ के स्वभाव से कहीं ज़्यादा बेचैन लग रही थी।

Il réalisa que sa vue lui était encore insupportable.
उसे एहसास हुआ कि उसे देखना अब भी बर्दाश्त के बाहर था।

Sa vue allait lui rester insupportable.
उसे देखना उसके लिए असहनीय होने वाला था।

Elle ne pouvait probablement pas supporter de le voir, même partiellement.
शायद वह उसका कोई भी हिस्सा देखना बर्दाश्त नहीं कर सकती थी।

Une petite partie dépassait toujours de sous le canapé.
सोफे के नीचे से एक छोटा सा हिस्सा हमेशा बाहर निकला रहता था।

Un jour, il transporta un drap sur son dos jusqu'au canapé.
एक दिन वह अपनी पीठ पर चादर लादकर सोफे तक ले गया।

Il voulait lui épargner de voir quoi que ce soit de lui.
वह उसे अपना कोई भी हिस्सा देखने से बचाना चाहता था।

Il arrangea le drap de façon à ce qu'il soit entièrement caché.
उसने चादर इस तरह बिछाई कि वह पूरी तरह छिप गया।

Même si elle se baissait, elle ne pourrait pas le voir.
अगर वह नीचे झुक भी जाती तो भी वह उसे देख नहीं पाती।

L'opération a pris à Gregor plus de trois heures.
इस पूरे काम में ग्रेगर को तीन घंटे से ज़्यादा समय लगा।

Elle a peut-être pensé que le drap était inutile.
शायद उसे लगा होगा कि बेडशीट की ज़रूरत नहीं है।

Elle aurait su qu'il ne voulait pas du drap.
उसे पता चल गया होगा कि उसे बेडशीट नहीं चाहिए।

Il le faisait pour son confort, et non pour lui-même.
वह यह सब उसके आराम के लिए कर रहा था, अपने लिए नहीं।

Et elle aurait pu enlever le drap si elle l'avait voulu.
और अगर वह चाहती तो वह चादर हटा सकती थी।

Mais elle laissa le drap là où Gregor l'avait mis.
लेकिन उसने चादर वहीं छोड़ दी जहां ग्रेगर ने रखी थी।

Et Gregor crut même avoir aperçu un regard reconnaissant.
और ग्रेगर को तो लगा कि उसने एक आभारी नज़र देखी है।

Il avait doucement soulevé le drap avec sa tête.
उसने धीरे से अपने सिर से चादर ऊपर उठा ली थी।

Il voulait savoir si sa sœur appréciait cet arrangement.
वह देखना चाहता था कि उसकी बहन को यह अरेंजमेंट पसंद आया या
नहीं।

Les deux premières semaines ont été les plus difficiles pour les parents.
पहले दो हफ़्ते माता-पिता के लिए सबसे मुश्किल थे।

Ils n'ont pas eu le courage d'entrer et de le voir.
वे खुद को अंदर आकर उससे मिलने के लिए तैयार नहीं कर सके।

Il a surpris plusieurs de leurs conversations à cette époque.
इस समय उसने उनकी कई बातें सुन लीं।

Ils ont pleinement reconnu tout ce que faisait la sœur.
उन्होंने बहन के हर काम को पूरी तरह से माना।

Même s'ils étaient souvent agacés par elle.
हालांकि वे अक्सर उससे नाराज़ रहते थे।

Parce qu'elle semblait être une fille un peu inutile.
क्योंकि वह कुछ हद तक बेकार लड़की लग रही थी।

C'étaient maintenant eux qui attendaient de l'autre côté de la pièce.
अब वे ही कमरे के दूसरी तरफ इंतज़ार कर रहे थे।

Et c'est elle qui est entrée dans la pièce pour tout faire.
और वही थी जो कमरे में जाकर सब कुछ करती थी।

Dès qu'elle est sortie, ils ont voulu tout savoir.
जैसे ही वह बाहर आई, वे सब कुछ जानना चाहते थे।

Elle a dû leur décrire précisément l'aspect de la pièce.
उसे उन्हें बताना था कि कमरा असल में कैसा दिखता है।

« Qu'est-ce que Gregor a mangé ? Comment s'est-il comporté cette fois-ci ? »
"ग्रेगर ने क्या खाया? इस बार उसका व्यवहार कैसा था?"

«Y avait-il peut-être une légère amélioration à constater ?»
"क्या शायद कोई मामूली सुधार देखा गया?"

La mère, d'ailleurs, était en réalité plus courageuse.
वैसे, माँ असल में ज़्यादा हिम्मतवाली थी।

Et bien sûr, c'était son propre fils qui se trouvait dans la pièce.
और हाँ, कमरे के अंदर उसका अपना बेटा था।

Elle souhaitait en fait rendre visite à Gregor assez rapidement.
असल में वह जल्द ही ग्रेगर से मिलना चाहती थी।

Mais au départ, son père et sa sœur l'ont retenue.
लेकिन पिता और बहन ने शुरू में उसे रोक लिया।

Ils ont avancé des arguments très rationnels pour qu'elle n'y aille pas.
उन्होंने उसके न जाने के लिए बहुत ही सही तर्क दिए।

Gregor écouta très attentivement leur raisonnement.
ग्रेगर ने उनकी बात बहुत ध्यान से सुनी।

Et il acceptait ce raisonnement autant que sa mère.
और उसने भी अपनी माँ की तरह ही इस तर्क को मान लिया।

Plus tard, cependant, il a fallu la retenir par la force.
लेकिन बाद में उसे ज़बरदस्ती रोकना पड़ा।

«Laissez-moi entrer voir Gregor, c'est mon malheureux fils !»
"मुझे ग्रेगर के पास अंदर आने दो, वह मेरा बदनसीब बेटा है!"

« Tu ne comprends pas que je dois aller le voir ? »
"क्या तुम नहीं समझते कि मुझे उससे मिलने जाना है?"

Gregor fut également convaincu par les arguments de sa mère.
ग्रेगर भी अपनी माँ के तर्कों से सहमत हो गया।

Peut-être avait-elle raison ; ce serait bien qu'elle vienne.
शायद वह सही थी; अगर वह अंदर आ जाए तो अच्छा होगा।

Le voir tous les jours serait beaucoup trop lourd.
हर दिन उसके सामने आना बहुत ज़्यादा होगा।

Mais le voir une fois par semaine suffirait peut-être.
लेकिन शायद हफ़्ते में एक बार उनसे मिलना काफ़ी होगा।

Elle pourrait comprendre les choses bien mieux que sa sœur.
वह बहन से ज़्यादा अच्छी तरह समझ सकती है।

Malgré tout son courage, elle n'était encore qu'une enfant.
अपनी सारी हिम्मत के बावजूद, वह अभी भी एक बच्ची ही थी।

Peut-être une insouciance enfantine l'a-t-elle poussée à entreprendre cette tâche.
शायद बचकानी लापरवाही ने उसे यह काम करने पर मजबूर कर दिया।

Mais le souhait de Gregor de revoir sa mère se réalisa bientôt.
लेकिन ग्रेगर की अपनी मां से मिलने की इच्छा जल्द ही पूरी हो गई।

Durant la journée, Gregor se tenait à l'écart de la fenêtre.
दिन के समय ग्रेगर खिड़की से दूर रहता था।

Il a agi ainsi par égard pour ses parents.
यह उसने अपने माता-पिता का ख्याल रखते हुए किया।

Il n'avait pas beaucoup de place pour ramper sur le sol.
उसके पास फर्श पर रेंगने के लिए ज़्यादा जगह नहीं थी।

Il avait du mal à rester immobile pendant la nuit.
उसे रात में चुपचाप लेटे रहना मुश्किल लगता था।

Manger ne lui procurait plus le moindre plaisir.
अब उसे खाने में ज़रा भी मज़ा नहीं आता था।

Bien sûr, il devait trouver un moyen de se distraire.
बेशक उसे अपना ध्यान भटकाने का कोई न कोई तरीका ढूंढना ही था।

Pour se divertir, il grimpait et descendait les murs.
अपना मनोरंजन करने के लिए वह दीवारों पर ऊपर-नीचे रेंगता रहा।

Et il rampait aussi le long du plafond, la tête en bas.
और वह छत पर भी उल्टा रेंगता रहा।

Il était particulièrement heureux lorsqu'il était suspendu au plafond.
वह खास तौर पर तब खुश होता था जब वह छत से लटकता था।

C'était complètement différent de s'allonger par terre.
यह फर्श पर लेटने से बिलकुल अलग था।

Il trouvait qu'il respirait beaucoup plus facilement dans cette position.
उन्हें इस पोजीशन में सांस लेना बहुत आसान लगा।

Une légère mais agréable vibration parcourut son corps.
उसके शरीर में हल्का लेकिन सुखद कंपन हुआ।

Parfois, il se laissait même trop aller à son bonheur.
कभी-कभी तो वह अपनी खुशी में बहुत ज़्यादा रिलैक्स भी हो जाता था।

Il lui arrivait d'être distrait et de lâcher prise du plafond.
कभी-कभी उसका ध्यान भटक जाता था और वह छत छोड़ देता था।

Et à sa propre surprise, il atterrit de nouveau sur le sol.
और उसे खुद हैरानी हुई कि वह वापस ज़मीन पर आ गिरा।

Mais il maîtrisait bien mieux son corps qu'auparavant.
लेकिन अब उसका अपने शरीर पर पहले से कहीं बेहतर कंट्रोल था।

Ainsi, il ne se blessait plus lors de chutes aussi importantes.
इसलिए अब उसे इतनी बड़ी गिरावट से चोट नहीं लगी।

Sa sœur remarqua immédiatement le nouveau plaisir de Gregor.
बहन ने तुरंत ग्रेगर की नई खुशी पर ध्यान दिया।

Et on retrouvait des traces de colle là où il avait rampé.
और जहां वह रेंगकर गया था, वहां गोंद के निशान थे।

Là encore, la sœur pensa au bien-être de Gregor.
यहां भी बहन ने ग्रेगर की सेहत के बारे में सोचा।

Il apprécierait peut-être d'avoir plus d'espace pour ramper.
शायद उसे रेंगने के लिए ज़्यादा जगह पसंद आएगी।

Et l'idée s'est fermement ancrée dans son esprit.
और यह विचार उसके दिमाग में मजबूती से बैठ गया।

Certains meubles volumineux entravaient sa liberté de mouvement.
कुछ बड़े फर्नीचर की वजह से वह आसानी से घूम नहीं पा रहा था।

Il ne travaillait plus, il n'avait donc plus besoin du bureau.
वह अब काम नहीं करता था, इसलिए उसे डेस्क की कोई ज़रूरत नहीं थी।

Et la boîte prenait plus de place que nécessaire. ***
और बॉक्स ने ज़रूरत से ज़्यादा जगह भी घेर ली। ***

La sœur n'était pas en mesure de déplacer ces choses seule.
बहन अकेले ये चीज़ें नहीं हिला पा रही थी।

Bien sûr, elle n'osait pas demander de l'aide à son père.
बेशक, उसने पिता से मदद मांगने की हिम्मत नहीं की।

La bonne ne l'aurait certainement pas aidée non plus.
नौकरानी भी निश्चित रूप से उसकी मदद नहीं करती।

La nouvelle femme de ménage était en réalité un an plus jeune qu'elle.
नई नौकरानी असल में उससे एक साल छोटी थी।

Elle avait courageusement endossé le rôle de l'ancienne bonne.
उसने बहादुरी से पहले वाली नौकरानी का रोल निभाया था।

Mais il y avait un privilège auquel elle tenait absolument.
लेकिन एक खास अधिकार था जिस पर वह ज़ोर देती थी।

Elle voulait que la cuisine reste verrouillée en permanence.
वह रसोई को हर समय बंद रखना चाहती थी।

La sœur n'avait donc pas d'autre choix que de demander à sa mère.
इसलिए बहन के पास अपनी मां से पूछने के अलावा कोई चारा नहीं था।

La mère est venue à son secours en poussant des cris de joie.
खुशी से चिल्लाते हुए माँ मदद के लिए आई।

Mais elle se tut devant la porte de la chambre de Gregor.
लेकिन वह ग्रेगर के कमरे के दरवाज़े पर चुप हो गई।

La sœur a vérifié que tout était en ordre dans la chambre.
बहन ने देखा कि कमरे में सब कुछ ठीक है या नहीं।

Gregor avait tiré précipitamment encore plus fort sur le drap.
ग्रेगर ने जल्दी से चादर को और भी कस कर खींच लिया।

Bien que le drap-housse paraisse encore disposé au hasard.
हालांकि बेडशीट अभी भी बेतरतीब ढंग से रखी हुई लग रही थी।

Et ce n'est qu'alors qu'elle laissa sa mère entrer dans la pièce.
और उसके बाद ही उसने अपनी मां को कमरे में आने दिया।

Gregor s'abstint également d'espionner sous le drap.
ग्रेगर ने चादर के नीचे से जासूसी करने से भी परहेज किया।

Il a décidé de ne pas voir sa mère cette fois-ci.
इस बार उसने अपनी माँ से न मिलने का फ़ैसला किया।

Gregor était déjà content qu'elle soit venue.
ग्रेगर इस बात से बहुत खुश था कि वह अंदर आ गई थी।

«Entrez, vous ne pouvez pas le voir», dit la sœur.
"अंदर आ जाओ, तुम उसे देख नहीं सकते," बहन ने कहा।

Gregor supposa qu'elle tenait sa mère par la main.
ग्रेगर ने मान लिया कि वह अपनी मां का हाथ पकड़कर ले जा रही थी।

Puis il entendit les deux femmes, faibles, déplacer les meubles.
तभी उसने दो कमज़ोर औरतों को फ़र्नीचर हिलाते हुए सुना।

La sœur semblait s'attribuer la majeure partie du travail.
ऐसा लगता था कि बहन ज़्यादातर काम अपने लिए ही कर रही थी।

Sa mère craignait qu'elle ne s'épuise.
उसकी माँ को डर था कि वह खुद पर ज़्यादा ज़ोर डालेगी।

Mais la sœur n'a prêté aucune attention à ces avertissements.
लेकिन बहन ने इन चेतावनियों पर कोई ध्यान नहीं दिया।

Mais même après quinze minutes, les progrès étaient très lents.
लेकिन पंद्रह मिनट के बाद भी प्रोग्रेस बहुत धीमी थी।

Ils n'avaient pas réussi à déplacer les meubles très loin.
वे फर्नीचर को बहुत दूर तक नहीं ले जा पाए थे।

Ils commençaient lentement à ressentir un sentiment de défaite.
उन्हें धीरे-धीरे हार का एहसास होने लगा था।

La mère fut la première à reconnaître l'inutilité de la démarche.
माँ ने सबसे पहले इस बेकार बात को माना।

« Il vaudrait peut-être mieux laisser la boîte ici. »
"शायद बॉक्स को यहीं छोड़ देना बेहतर होगा।"

« Le carton est trop lourd pour que nous puissions le déplacer plus loin. »

"बॉक्स इतना भारी है कि हम उसे ज़्यादा दूर नहीं ले जा सकते।"

« Et nous n'aurons pas terminé avant l'arrivée de votre père. »

"और हम तुम्हारे पिता के आने से पहले काम खत्म नहीं करेंगे।"

« Laisser la boîte ici lui barrerait encore plus le passage. »

"यहां बक्सा छोड़ने से उसका रास्ता और भी ज़्यादा बंद हो जाएगा।"

« Et pouvons-nous être sûrs de lui rendre service ? »

"और क्या हम यह पक्का कर सकते हैं कि हम उस पर कोई एहसान कर रहे हैं?"

Ils commencèrent à penser que le contraire pourrait bien être vrai.

उन्हें लगने लगा कि इसका उल्टा भी सच हो सकता है।

La vue du mur vide lui pesait lourdement sur le cœur.

खाली दीवार को देखकर उसका दिल भारी हो गया।

Qui nous dit que Gregor ne ressentirait pas la même chose ?

क्या ग्रेगर को भी ऐसा महसूस नहीं होगा?

«Il est déjà habitué aux meubles de sa chambre.»

"वह पहले से ही अपने कमरे के फर्नीचर का आदी है।"

«Il pourrait se sentir encore plus abandonné dans une pièce vide.»

"खाली कमरे में उसे और भी अकेलापन महसूस हो सकता है।"

À ce moment-là, sa voix s'était presque réduite à un murmure.

अब तक उसकी आवाज़ लगभग धीमी होकर फुसफुसाहट जैसी हो गई थी।

Elle ignorait en réalité où se trouvait exactement Gregor.

असल में उसे ग्रेगर का सही पता नहीं था।

Elle ne voulait même pas qu'il entende sa voix.

वह नहीं चाहती थी कि वह उसकी आवाज़ भी सुने।

Bien qu'elle fût certaine qu'il ne la comprenait pas.

हालाँकि उसे यकीन था कि वह उसे नहीं समझता।

« N'aurait-on pas l'impression de l'avoir complètement abandonné ? »
"क्या ऐसा नहीं लगेगा कि हमने उस पर से पूरी तरह हार मान ली है?"

«N'aura-t-il pas l'impression qu'on le laisse se débrouiller seul ?»
"क्या उसे ऐसा नहीं लगेगा कि हम उसे अकेले ही सब कुछ झेलने के लिए छोड़ रहे हैं?"

«Nous devrions laisser la pièce exactement comme elle était.»
"हमें कमरे को ठीक वैसे ही छोड़ देना चाहिए जैसा वह था।"

« Gregor finira par nous revenir comme avant. »
"आखिरकार ग्रेगर हमारे पास वैसे ही वापस आएगा जैसे वह था।"

«Alors il constatera que tout est encore à sa place.»
"तब वह पाएगा कि सब कुछ अपनी जगह पर है।"

« Et il oubliera beaucoup plus facilement la période intermédiaire. »
"और वह बीच का समय बहुत आसानी से भूल जाएगा।"

En entendant ces mots, Gregor réalisa quelque chose.
जब ग्रेगर ने ये शब्द सुने तो उसे कुछ एहसास हुआ।

Son esprit était devenu confus au cours des deux derniers mois.
पिछले दो महीनों से उसका दिमाग कन्फ्यूज हो गया था।

Le manque d'interactions humaines ne lui avait pas fait de bien.
इंसानों से बातचीत की कमी उसके लिए अच्छी नहीं थी।

Il avait vraiment besoin de la vie monotone au sein de sa famille.
उसे सच में अपने परिवार के बीच बोरिंग ज़िंदगी की ज़रूरत थी।

Pourquoi aurait-il formulé une demande aussi absurde autrement ?
वरना उसने ऐसी बेमतलब की मांग क्यों की होगी?

Quel sens pouvait-il y avoir à vider sa chambre ?

उसका कमरा खाली करने का क्या मतलब था?

La chambre confortable est meublée de meubles hérités.
विरासत में मिले फर्नीचर से सजा आरामदायक कमरा।

Pourquoi voudrait-il transformer cette chaleur familière en une grotte ?
वह इस जानी-पहचानी गर्मी को गुफा में क्यों बदलना चाहेगा?

Une grotte où il pouvait ramper en toute tranquillité dans toutes les directions.
एक गुफा जहाँ वह शांति से सभी दिशाओं में रेंग सकता था।

Mais une grotte où il oublia rapidement son passé humain.
लेकिन एक गुफा जिसमें वह अपने इंसानी अतीत को तेज़ी से भूल गया।

Il se demandait s'il était déjà sur le point d'oublier.
उसे सोचना पड़ा कि क्या वह पहले ही भूलने के करीब था।

La voix de sa mère l'avait secoué et lui avait fait se souvenir.
उसकी माँ की आवाज़ ने उसे याद दिला दिया था।

La voix qu'il n'avait pas entendue depuis si longtemps.
वह आवाज़ जो उसने बहुत समय से नहीं सुनी थी।

Il ne fallait rien enlever ; tout devait rester.
कुछ भी नहीं हटाया जाना चाहिए; सब कुछ वहीं रहना चाहिए।

Le mobilier a eu un effet positif sur son état.
फर्नीचर ने उनकी हालत पर अच्छा असर डाला।

Et il ne pouvait pas s'en sortir sans ce lien avec le passé.
और वह अतीत के इस सहारे के बिना काम नहीं कर सकता था।

Les meubles l'empêchaient de ramper sans but.
फर्नीचर की वजह से वह बेसुध होकर इधर-उधर नहीं रेंग सका।

Mais ce n'était pas une perte ; c'était au contraire un grand avantage.
लेकिन यह कोई नुकसान नहीं था; बल्कि यह एक बड़ा फ़ायदा था।

Malheureusement, sa sœur avait un avis très différent.
दुर्भाग्य से बहन की राय बहुत अलग थी।

Elle était en quelque sorte devenue la porte-parole de Gregor.

वह कुछ हद तक ग्रेगर की प्रवक्ता बन गई थी।

Bien sûr, son opinion n'était pas totalement injustifiée.
बेशक उसकी राय पूरी तरह गलत नहीं थी।

Mais l'opinion de sa mère devait être contredite ici.
लेकिन यहां उसकी मां की राय को गलत साबित करना पड़ा।

Il ne s'agissait plus seulement d'enlever la boîte.
अब सिर्फ़ बॉक्स ही नहीं हटाना था।

Son bureau et son armoire ne pouvaient pas rester en place non plus.
उनकी डेस्क और अलमारी भी नहीं रह सकी।

La seule chose indispensable était le canapé.
एकमात्र ज़रूरी चीज़ सोफ़ा था।

Elle n'a pas pris cette décision par simple rébellion enfantine.
उसने यह फैसला सिर्फ़ बचकानी अवज्ञा में नहीं लिया था।

Ce n'était pas non plus sa confiance en soi récemment acquise.
यह उसका हाल ही में आया आत्मविश्वास भी नहीं था।

La nouvelle confiance qu'elle avait acquise lui a permis de travailler si dur pour gagner.
नया कॉन्फिडेंस पाने के लिए उसे बहुत मेहनत करनी पड़ी।

Même si personne ne s'attendait à ce qu'elle y parvienne.
हालांकि किसी को भी उम्मीद नहीं थी कि वह ऐसा कर पाएगी।

Gregor avait vraiment besoin de beaucoup d'espace pour ramper.
ग्रेगर को रेंगने के लिए सच में बहुत जगह की ज़रूरत थी।

Le mobilier ne faisait que réduire l'espace dont il disposait.
फर्नीचर की वजह से उसके पास सिर्फ़ उतना ही कमरा था जितना उसके पास था।

Elle était capable de mieux voir ces choses que sa mère.
वह इन चीज़ों को माँ से बेहतर देख पाती थी।

Mais peut-être que son esprit romantique a aussi joué un rôle.
लेकिन शायद उनकी रोमांटिक भावना ने भी इसमें भूमिका निभाई।

Les filles de cet âge acquièrent souvent un certain enthousiasme.
उस उम्र की लड़कियों में अक्सर एक खास उत्साह आ जाता है।

Et ils éprouvent le besoin d'obtenir ce qu'ils veulent chaque fois qu'ils le peuvent.
और उन्हें जब भी मौका मिले, अपनी बात मनवाने की ज़रूरत महसूस होती है।

C'est peut-être pour cela qu'elle voulait le saboter en secret.
शायद इसीलिए वह चुपके से उसे नुकसान पहुंचाना चाहती थी।

Il est encore plus terrifiant lorsqu'il rampe sur les murs.
जब वह दीवारों पर रेंगता है तो और भी डरावना लगता है।

Les parents n'osaient plus entrer dans la pièce.
माता-पिता अब कमरे में आने की हिम्मत नहीं कर रहे थे।

Elle serait véritablement la seule à prendre soin de son frère.
वह सचमुच अपने भाई की अकेली देखभाल करने वाली होगी।

Elle ne laissa pas sa mère la persuader du contraire.
उसने अपनी माँ को उसे किसी और तरह से मनाने नहीं दिया।

La mère de Gregor se sentait déjà mal à l'aise dans la pièce.
ग्रेगर की माँ कमरे में पहले से ही असहज महसूस कर रही थी।

Elle cessa bientôt de parler et aida de nouveau sa fille.
उसने जल्द ही बोलना बंद कर दिया और फिर से अपनी बेटी की मदद की।

Avec leurs forces restantes, ils ont enlevé l'armoire.
अपनी बची हुई ताकत से उन्होंने अलमारी हटा दी।

La commode, il pouvait s'en passer.
दराजों वाली अलमारी ऐसी चीज़ थी जिसके बिना वह रह सकता था।

Mais le bureau allait devoir rester en place pour le moment.
लेकिन डेस्क को फिलहाल वहीं रहना था।

Pendant l'absence des femmes, il tenta d'évaluer la pièce.
जब औरतें चली गईं तो उसने कमरे का जायज़ा लेने की कोशिश की।

Et Gregor passa la tête sous le canapé.
और ग्रेगर ने सोफे के नीचे से अपना सिर बाहर निकाला।

Il devait voir ce qu'il pouvait faire face à la situation.
उसे देखना था कि वह इस स्थिति के बारे में क्या कर सकता है।

Mais il a été aussi prudent et attentionné que possible.
लेकिन वह जितना हो सके उतना सावधान और विचारशील था।

Malheureusement, c'est la mère qui est revenue la première.
दुर्भाग्य से माँ ही पहले लौटी।

Grete était encore en train de déplacer l'armoire dans la pièce voisine.
ग्रीट अभी भी अगले कमरे में अलमारी हटा रही थी।

Mais la mère n'était pas habituée à la vue de Gregor.
लेकिन माँ को ग्रेगर को देखने की आदत नहीं थी।

Un simple aperçu de lui aurait pu la rendre malade.
उसकी एक झलक भी उसे बीमार कर सकती थी।

Gregor recula précipitamment jusqu'à l'autre bout du canapé.
ग्रेगर जल्दी से सोफे के दूसरे छोर पर वापस चला गया।

Mais il ne pouvait pas reculer et maintenir le drap en équilibre.
लेकिन वह पीछे नहीं हट सका और बेडशीट को बैलेंस नहीं कर सका।

Ce mouvement suffit à attirer l'attention de la mère.
यह हरकत माँ का ध्यान खींचने के लिए काफी थी।

Elle marqua une pause et resta immobile un bref instant.
वह रुकी और कुछ देर के लिए एकदम स्थिर खड़ी रही।

Puis elle se retourna et sortit de la pièce.
फिर वह मुड़ी और कमरे से बाहर चली गई।

Gregor se répétait sans cesse que rien d'inhabituel ne s'était produit.
ग्रेगर खुद से कहता रहा कि कुछ भी असामान्य नहीं हुआ।

« Ce ne sont que quelques meubles qui ont été emportés. »
"यह बस कुछ फर्नीचर है जो ले जाया गया है।"

Mais il dut bientôt admettre que ces événements l'avaient affecté.
लेकिन जल्द ही उन्हें यह मानना पड़ा कि इन घटनाओं का उन पर असर हुआ।

Les femmes disaient tout ce qu'elles faisaient.
महिलाएं जो कुछ भी कर रही थीं, वह सब कह रही थीं।

Ils faisaient des allers-retours dans la pièce.
वे कमरे में इधर-उधर घूम रहे थे।

Le bruit des meubles qui grattent le sol.
फर्श पर सारे फर्नीचर की खरोंच।

Il avait l'impression d'être assailli de toutes parts.
उसे ऐसा लगा जैसे उस पर चारों तरफ से हमला हो रहा है।

Il replia sa tête et ses jambes aussi fort qu'il le put.
उसने अपने सिर और पैरों को जितना हो सके उतना कसकर अंदर खींच लिया।

De toutes ses forces, il plaqua son corps au sol.
उसने पूरी ताकत से अपना शरीर ज़मीन पर दबाया।

Il savait qu'il ne pourrait pas supporter tout cela encore longtemps.
वह जानता था कि वह यह सब ज़्यादा समय तक नहीं सह सकता।

Ils ont vidé sa chambre et ont pris tout ce qu'il aimait.
उन्होंने उसका कमरा खाली कर दिया और उसकी हर पसंदीदा चीज़ ले ली।

Ils avaient déjà pris la boîte contenant tous ses outils.
वे पहले ही वह बक्सा ले चुके थे जिसमें उसके सारे औज़ार थे।

Ils étaient en train de déloger son lourd bureau du sol.
अब वे उसकी भारी मेज को ज़मीन से ढीला कर रहे थे।

Le bureau sur lequel il avait travaillé en rentrant du travail.
वह डेस्क जिस पर उसने काम से वापस आने के बाद काम किया था।

Le bureau sur lequel il avait noté ses missions professionnelles.
वह डेस्क जिस पर उसने अपने बिज़नेस असाइनमेंट लिखे थे।

Le bureau sur lequel il avait fait ses devoirs au collège.
वह डेस्क जिस पर उसने सेकेंडरी स्कूल में अपना होमवर्क किया था।

Oui, il avait déjà eu ce bureau à l'école primaire.
हाँ, प्राइमरी स्कूल में उनके पास यह डेस्क पहले से ही थी।

Il n'a vraiment pas eu le temps de vérifier leurs bonnes intentions.
उनके पास सच में उनके अच्छे इरादों को कन्फर्म करने का समय नहीं था।

Bien qu'il ait presque oublié leur présence.
हालांकि वह लगभग भूल ही गया था कि वे वहां थे।

Parce qu'ils travaillaient en silence, épuisés.
क्योंकि वे थकान के कारण चुपचाप काम कर रहे थे।

Ils étaient trop fatigués pour annoncer leurs mouvements maintenant.
वे अब अपने मूवमेंट्स बताने के लिए बहुत थक गए थे।

Il n'entendait que leurs lourds pas sur le sol.
उसे सिर्फ़ फ़र्श पर उनके भारी कदमों की आवाज़ सुनाई दी।

À ce moment précis, ils étaient appuyés contre la boîte.
ठीक उसी समय वे बॉक्स से टिके हुए थे।

Et c'est alors que Gregor est sorti de sous le canapé.
और तभी ग्रेगर सोफे के नीचे से बाहर आया।

Il a changé de direction à quatre reprises.
उसने चार बार अपनी दिशा बदली।

Il n'arrivait pas à se décider quel objet sauver en premier.
वह तय नहीं कर पा रहा था कि पहले किस आइटम को बचाना है।

Soudain, son attention fut attirée par le mur vide.
अचानक उसका ध्यान खाली दीवार की ओर गया।

Ils ne lui avaient laissé que la photo de la dame en fourrure.

उन्होंने उसके लिए सिर्फ़ फर वाली महिला की तस्वीर छोड़ी थी।

Il rampa jusqu'à la photo pour coller son corps contre le sien.
वह रेंगकर तस्वीर के पास गया और अपना शरीर उससे सटा लिया।

Et son corps masquait complètement la vue de la photo.
और उसके शरीर ने तस्वीर का पूरा नज़ारा ढक दिया।

Le verre le soutenait et apaisait son ventre brûlant.
गिलास ने उसे सहारा दिया और उसके गर्म पेट को आराम दिया।

On ne pouvait plus lui enlever cette photo.
यह तस्वीर अब उससे नहीं ली जा सकती थी।

Puis il tourna la tête vers la porte du salon.
फिर उसने अपना सिर लिविंग रूम के दरवाज़े की तरफ़ घुमाया।

Il allait les regarder retourner dans la pièce.
वह देखने वाला था कि औरतें कमरे में वापस कैसे आती हैं।

Et ils ne se reposèrent pas longtemps avant de revenir.
और वे ज़्यादा देर आराम नहीं कर पाए और फिर वापस आ गए।

Grete avait le bras autour de sa mère pour l'aider à marcher.
ग्रेटे ने अपनी मां को चलने में मदद करने के लिए अपना हाथ उसके चारों ओर रखा हुआ था।

« Que prenons-nous maintenant ? » demanda Grete en regardant autour d'elle.
"अब हम क्या लें?" ग्रेटे ने कहा और चारों ओर देखा।

À ce moment précis, son regard croisa celui de Gregor.
ठीक उसी समय उसकी नज़र ग्रेगर की आँखों से मिली।

Malgré le choc, elle a gardé son sang-froid.
सदमे के बावजूद, उसने अपना होश बनाए रखा।

Probablement uniquement à cause de la présence de sa mère.
शायद सिर्फ़ उसकी माँ की मौजूदगी की वजह से।

Elle pencha le visage vers sa mère, lui cachant la vue.
उसने अपना चेहरा अपनी माँ की तरफ़ झुका लिया, जिससे उसका नज़ारा छिप गया।

Et puis elle dit, d'une voix tremblante et sans réfléchir :
और फिर उसने कांपते हुए और बिना सोचे-समझे कहा:

«Allez, on ne devrait pas retourner au salon ?»
"चलो, क्या हम लिविंग रूम में वापस नहीं चलें?"

Gregor comprenait aisément les intentions de sa sœur.
ग्रेगर बहन के इरादे आसानी से समझ सकता था।

Sa priorité absolue était de mettre sa mère en sécurité.
उसकी पहली प्राथमिकता अपनी मां को सुरक्षित जगह पर लाना था।

Mais ensuite, elle allait le poursuivre depuis le mur.
लेकिन फिर वह उसे दीवार से नीचे गिराने वाली थी।

« Eh bien, elle peut toujours essayer ! » pensa Gregor.
"ठीक है, वह ज़रूर कोशिश कर सकती है!" ग्रेगर ने मन ही मन सोचा।

Il s'assit fermement sur son tableau et ne le lâcha pas.
वह अपनी तस्वीर पर मजबूती से बैठ गया और उसे नहीं छोड़ा।

Il aurait préféré sauter au visage de sa sœur.
वह तो बहन के मुँह पर कूद पड़ता।

Mais les paroles de Grete avaient encore plus inquiété sa mère.
लेकिन ग्रीट की बातों ने उसकी मां को और भी ज्यादा परेशान कर दिया था।

Elle s'écarta pour voir ce qu'on lui cachait.
वह यह देखने के लिए एक तरफ हट गई कि उससे क्या छिपाया जा रहा है।

Et elle vit la tache brune sur le papier peint à fleurs.
और उसने फूलों वाले वॉलपेपर पर भूरे रंग का दाग देखा।

Et elle a crié avant même de réaliser que c'était Gregor.
और वह चीख पड़ी, इससे पहले कि उसे पता चलता कि वह ग्रेगर है।

« Oh mon Dieu ! » hurla-t-elle en tendant les bras.
"हे भगवान," वह अपनी बाहें फैलाकर चिल्लाई।

Et elle s'est effondrée sur le canapé comme si elle avait renoncé.

और वह सोफे पर ऐसे गिर पड़ी जैसे उसने हार मान ली हो।

« Gregor ! » cria sa sœur en levant le poing.
"ग्रेगर!" बहन ने मुट्ठी उठाकर उस पर चिल्लाया।

Et elle lui lança un regard long, dur et pénétrant.
और उसने उसे एक लंबी, कड़ी और गहरी नज़र से देखा।

C'était la première fois qu'elle lui parlait directement.
यह पहली बार था जब उसने उससे सीधे बात की थी।

Elle a couru dans la pièce voisine pour aller chercher des sels
d'ammoniaque.
वह कुछ सॉल्ट लेने के लिए अगले कमरे में भाग गई।

Elle devait ramener sa mère à la conscience.
उसे अपनी मां को होश में लाना पड़ा।

Gregor voulait aider, il pourrait sauvegarder la photo plus
tard.
ग्रेगर मदद करना चाहता था, वह बाद में तस्वीर को सेव कर सकता था।

Mais il s'était solidement collé à la vitre.
लेकिन वह कांच पर मजबूती से फंस गया था।

Il a donc dû s'arracher à ce point en utilisant beaucoup de
force.
इसलिए उसे बहुत ज़ोर लगाकर खुद को छुड़ाना पड़ा।

Il courut lui aussi dans la pièce voisine, où se trouvait sa
sœur.
वह भी अगले कमरे में भाग गया, जहां बहन थी।

Autrefois, il aurait pu lui donner quelques conseils.
पुराने दिनों में वह उसे कुछ सलाह दे सकता था।

Mais à présent, il ne pouvait rien faire d'autre que rester là,
impuissant, et regarder.
लेकिन अब वह चुपचाप खड़े होकर देखने के अलावा कुछ नहीं कर

सकता था।

Elle fouilla dans le tiroir, ouvrant diverses bouteilles.
उसने दराज में कई बोतलें खोलीं।

Et il lui faisait encore peur quand elle se retournait.

और जब वह मुड़ी तो उसने उसे अभी भी डरा दिया।

Une bouteille est tombée par terre, s'est cassée et a éclaté.
एक बोतल ज़मीन पर गिर गई, टूट गई और टुकड़े-टुकड़े हो गई।

Un éclat de verre a frappé Gregor au visage et l'a blessé.
कांच का एक टुकड़ा ग्रेगर के चेहरे पर लगा और वह घायल हो गया।

La bouteille contenait une sorte de liquide caustique.
बोतल में किसी तरह का कास्टिक लिक्विड था।

Et maintenant, le liquide corrosif brûlait le visage de Gregor.
और अब वह ज़हरीला लिक्विड ग्रेगर का चेहरा जला रहा था।

Sa sœur, cependant, n'avait pas de temps à consacrer à Gregor pour le moment.
हालाँकि, बहन के पास अभी ग्रेगर के लिए समय नहीं था।

Elle ramassa autant de bouteilles qu'elle put.
उसने जितनी बोतलें उठा सकीं, उठा लीं।

Et elle est retournée en courant vers sa mère avec les médicaments.
और वह दवाई लेकर अपनी मां के पास वापस भागी।

Elle claqua la porte du pied, empêchant Gregor d'entrer.
उसने पैर से दरवाज़ा ज़ोर से बंद कर दिया, जिससे ग्रेगर बाहर आ गया।

Il était désormais coupé de sa mère, potentiellement mourante.
अब वह अपनी मरने वाली माँ से कट गया था।

S'il ouvrait la porte, il chasserait sa sœur.
अगर उसने दरवाज़ा खोला तो वह बहन को भगा देगा।

Mais bien sûr, elle devait rester pour s'occuper de sa mère.
लेकिन ज़ाहिर है उसे माँ की देखभाल के लिए रुकना पड़ा।

Il ne pouvait plus rien faire d'autre qu'attendre.
अब वह उनके लिए इंतज़ार करने के अलावा कुछ नहीं कर सकता था।

Rongé par les remords et l'anxiété, il se mit à ramper.
खुद को बुरा-भला कहने और चिंता से परेशान होकर वह रेंगने लगा।

Il rampait partout : sur les murs, les meubles, le plafond.

वह हर जगह रेंगता रहा; दीवारें, फर्नीचर, छत।

Il avait l'impression que toute la pièce tournait autour de lui.
उसे ऐसा लगा जैसे पूरा कमरा उसके चारों ओर घूम रहा है।

Finalement, désespéré et pris de vertiges, il retomba.
आखिरकार, निराशा और चक्कर आने पर वह वापस नीचे गिर पड़ा।

Et il est tombé directement sur la grande table de la salle à manger.
और वह बड़े डाइनिंग रूम टेबल के ठीक ऊपर गिर गया।

Il resta allongé là un certain temps, engourdi et incapable de bouger.
वह कुछ देर वहीं लेटा रहा, सुन्न और हिल भी नहीं पा रहा था।

Il était épuisé par tout ce que cette journée lui avait apporté.
वह आज के दिन में हुई सारी परेशानियों से थक गया था।

Le silence régnait partout, mais c'était peut-être bon signe.
चारों ओर शांति थी, लेकिन शायद यह एक अच्छा संकेत था।

Puis, brisant le silence, la sonnette retentit à l'extérieur.
तभी, सन्नाटे को तोड़ते हुए, बाहर की डोरबेल बजी।

La bonne, bien sûr, s'était enfermée dans sa cuisine.
नौकरानी ने तो खुद को किचन में बंद कर लिया था।

La sœur était donc la seule à pouvoir ouvrir la porte.
इसलिए बहन ही अकेली थी जो दरवाज़ा खोल सकती थी।

« Que s'est-il passé ? » fut la première question du père.
"क्या हुआ?" पिता ने सबसे पहले यही पूछा।

L'apparence de Grete lui avait probablement tout dit.
ग्रेटे के रूप ने शायद उसे सब कुछ बता दिया था।

La voix de Grete devint étouffée et monotone tandis qu'elle parlait.
बोलते समय ग्रीट की आवाज़ धीमी और सुस्त हो गई।

Elle a dû enfouir son visage contre la poitrine de son père.
उसने अपना चेहरा अपने पिता की छाती से लगा लिया होगा।

« Maman était inconsciente, mais elle va mieux maintenant. »

"माँ बेहोश थीं, लेकिन अब उन्हें बेहतर महसूस हो रहा है।"

« Gregor s'est échappé », a-t-elle ajouté, ce à quoi il s'attendait.
"ग्रेगर भाग गया है," उसने कहा, जिसकी उसे उम्मीद थी।

« Je vous l'ai toujours dit, il allait s'échapper un jour. »
"मैंने हमेशा तुमसे कहा था कि वह एक दिन भाग जाएगा।"

« Mais vous, les femmes, vous ne vouliez pas m'écouter, n'est-ce pas ? »
"लेकिन तुम औरतें मेरी बात सुनना नहीं चाहती थीं, है ना?"

Gregor comprit rapidement comment son père verrait les choses.
ग्रेगर को जल्दी ही समझ आ गया कि उसके पिता चीज़ों को कैसे देखते होंगे।

Il avait mal interprété le message trop bref de Grete.
उसने ग्रेटे के बहुत छोटे मैसेज का गलत मतलब निकाल लिया था।

Il supposa que Gregor avait commis un acte de violence.
उन्होंने मान लिया कि ग्रेगर ने कोई हिंसा की है।

Gregor devait trouver un moyen d'apaiser son père d'une manière ou d'une autre.
ग्रेगर को किसी तरह अपने पिता को खुश करने का तरीका ढूंढना था।

Parce qu'il n'avait pas le temps de lui expliquer les choses.
क्योंकि उसके पास उसे चीजें समझाने का समय नहीं था।

Mais de toute façon, il n'aurait pas été capable d'expliquer les choses.
लेकिन वह वैसे भी चीज़ें समझा नहीं पाता।

Il s'est donc enfui vers la porte et s'y est plaqué.
तो वह भागकर दरवाज़े तक गया और उससे सट गया।

Ainsi, son père pourrait le voir depuis l'antichambre.
इस तरह उसके पिता उसे एंटरूम से देख सकते थे।

Et il pourrait constater qu'il avait les meilleures intentions.
और वह देख पाएगा कि उसके इरादे अच्छे थे।

Il n'était pas nécessaire de le repousser avec un balai.

उसे झाड़ू से पीछे धकेलने की कोई ज़रूरत नहीं थी।

Il aurait suffi que le père ouvre la porte.
पिता को बस दरवाज़ा खोलना था।

Mais il n'était pas d'humeur à remarquer de telles subtilités.
लेकिन वह ऐसी बारीकियों पर ध्यान देने के मूड में नहीं था।

« Te voilà ! » s'exclama-t-il dès qu'il entra.
"तुम यहाँ हो!" जैसे ही वह अंदर आया, उसने कहा।

C'était comme s'il était à la fois en colère et heureux.
ऐसा लग रहा था जैसे वह एक ही समय में गुस्सा भी था और खुश भी।

Il recula la tête et leva les yeux vers son père.
उसने अपना सिर पीछे खींचा और पिता की ओर देखा।

Il n'avait pas imaginé son père debout là, dans cette position.
उसने कभी नहीं सोचा था कि उसके पिता वहां इस तरह खड़े होंगे।

Mais ces derniers temps, il s'était trouvé une nouvelle distraction.
लेकिन हाल ही में उन्हें ध्यान भटकाने वाली एक नई चीज़ मिल गई थी।

Ramper occupait désormais une grande partie de sa journée.
अब उनके दिन का ज़्यादातर समय रेंगने में ही बीत जाता था।

Auparavant, il se tenait au courant de toutes les nouvelles dans l'appartement.
पहले वह अपार्टमेंट में किसी भी खबर पर नज़र रखता था।

Mais ces derniers temps, il n'y avait pas prêté beaucoup d'attention.
लेकिन वह आजकल इतना ध्यान नहीं दे रहा था।

Il aurait dû se préparer à faire face aux changements.
उसे बदलावों का सामना करने के लिए तैयार रहना चाहिए था।

Pour autant, cet homme qui se tenait devant lui était-il encore son père ?
फिर भी, क्या उससे पहले वाला आदमी अब भी पिता था?

Était-ce le même homme qui avait l'habitude de rester allongé, fatigué, dans son lit ?
क्या वह वही आदमी था जो अपने बिस्तर पर थका हुआ पड़ा रहता था?

Alors que Gregor était déjà parti en voyage d'affaires.
जब ग्रेगर पहले ही बिज़नेस ट्रिप पर जा चुका था।

Était-ce le même homme qui le saluait le soir ?
क्या वह वही आदमी था जो शाम को उससे मिलता था?

Lorsqu'il était en robe de chambre, dans son fauteuil.
जब वह अपनी कुर्सी पर ड्रेसिंग गाउन में था।

Était-ce le même homme qui n'avait pas pu se lever pour l'accueillir ?
क्या यह वही आदमी था जो उसका स्वागत करने के लिए खड़ा नहीं हो सका था?

Restant assis, il leva le bras en signe de joie.
इसलिए, बैठे-बैठे ही उसने खुशी के संकेत के रूप में अपना हाथ उठाया।

Était-ce le même homme avec qui il faisait parfois des promenades ?
क्या वह वही आदमी था जिसके साथ वह कभी-कभी घूमने जाता था?

Exceptionnellement : quelques dimanches par an, ou les jours fériés.
कभी-कभी: साल में कुछ रविवार, या छुट्टियों पर।

Était-ce le même homme qui marchait, enveloppé dans son pardessus ?
क्या वह वही आदमी था जो ओवरकोट लपेटे हुए चल रहा था?

S'est-il lentement avancé, entre la mère et lui ?
क्या वह धीरे-धीरे आगे बढ़ा, माँ और उसके बीच?

Et ils marchaient déjà lentement à cause de lui.
और वे पहले से ही उसके कारण धीरे-धीरे चल रहे थे।

Mais à présent, cet homme se tenait droit et fort.
लेकिन अब यह आदमी मज़बूती से और सीधा खड़ा था।

Il portait un uniforme bleu à boutons dorés.
उसने नीली यूनिफॉर्म पहनी हुई थी, जिस पर सुनहरे बटन थे।

Les badges que portent les employés des institutions bancaires.
बैंकिंग संस्थानों के कर्मचारी जो बटन पहनते हैं।

Au-dessus du col rigide, son double menton prononcé se dessinait.

कड़े कॉलर के ऊपर उसकी मजबूत डबल चिन उभरी हुई थी।

Sous ses sourcils broussailleux, ses yeux noirs fixaient le vide.

उसकी घनी भौंहों के नीचे उसकी काली आँखें बाहर झाँक रही थीं।

À présent, ses yeux paraissaient perçants, frais et alertes.

अब उसकी आँखें तेज़, ताज़ा और अलर्ट लग रही थीं।

Les cheveux blancs, auparavant ébouriffés, étaient désormais peignés.

पहले बिखरे हुए सफेद बालों को कंघी से नीचे कर दिया गया।

Et ses cheveux étaient désormais coiffés d'une raie centrale méticuleuse.

और अब उसके बालों में बीच से बहुत ध्यान से मांग निकली हुई थी।

Il jeta son chapeau, orné d'un monogramme en or.

उन्होंने अपनी टोपी फेंकी, जिस पर सोने का मोनोग्राम लगा हुआ था।

Il s'agissait probablement du monogramme de la banque pour laquelle il travaillait.

यह शायद उस बैंक का मोनोग्राम था जिसके लिए वह काम करता था।

Et le chapeau atterrit sur le canapé, pour être rangé plus tard.

और टोपी सोफे पर रख दी गई, जिसे बाद में रखना था।

Il repoussa le bas de sa longue veste d'uniforme.

उसने अपनी लंबी यूनिफॉर्म जैकेट के निचले हिस्से को पीछे धकेला।

Et il mit ses pouces dans les poches de son pantalon.

और उसने अपने अंगूठे अपनी पैंट की जेब में डाल लिये।

Puis, le visage sombre, il s'avança vers Gregor.

और फिर, गंभीर चेहरे के साथ, वह ग्रेगर की ओर चला गया।

Il ne savait probablement même pas ce qu'il comptait faire.

शायद उसे यह भी नहीं पता था कि वह क्या करने की योजना बना रहा है।

Mais il leva néanmoins les pieds exceptionnellement haut.

लेकिन फिर भी उसने अपने पैर बहुत ज़्यादा ऊपर उठा लिए।

Gregor était stupéfait par la taille énorme de ses bottes.
ग्रेगर अपने जूतों के बड़े साइज़ को देखकर हैरान रह गया।

Mais il n'y avait vraiment pas le temps de s'extasier devant ses chaussures.
लेकिन सच में उनके जूतों को देखकर हैरान होने का समय नहीं था।

Le père avait opté pour une discipline très stricte.
पिता ने बहुत सख्त अनुशासन का फैसला किया था।

Seule la plus grande sévérité convenait à Gregor.
ग्रेगर के लिए केवल सबसे ज़्यादा सख्ती ही सही थी।

Il le savait dès le premier jour de sa transformation.
वह अपने बदलाव के पहले दिन से ही यह बात जानता था।

Il courut vers son père et s'arrêta quand celui-ci s'arrêta.
वह दौड़कर अपने पिता के पास गया और जब वे रुके तो वह भी रुक गया।

Il se précipita de nouveau vers lui lorsqu'il bougea à nouveau.
जब वह दोबारा हिला तो वह फिर से उसकी ओर दौड़ा।

Le père marqua une pause, et Gregor fit de même.
पिता एक पल के लिए रुके, और ग्रेगर भी।

Et il se précipita de nouveau en avant dès que son père eut bougé.
और जैसे ही उसके पिता आगे बढ़े, वह फिर से आगे की ओर दौड़ पड़ा।

Ils firent ainsi plusieurs fois le tour de la pièce.
इस तरह वे कई बार कमरे में चक्कर लगाते रहे।

Aucun avantage décisif n'avait encore été obtenu par qui que ce soit.
अभी तक किसी को कोई निर्णायक लाभ नहीं मिला था।

On n'aurait pas pu avoir l'impression d'une poursuite.
किसी को भी पीछा करने का आभास नहीं हो सकता था।

Parce que tout l'événement se déroulait beaucoup trop lentement.
क्योंकि पूरा इवेंट बहुत धीरे-धीरे हो रहा था।

Gregor avait décidé de rester au sol.
ग्रेगर ने तय कर लिया था कि वह ज़मीन पर ही रहेगा।

Il aurait pu courir le long des murs et du plafond.
वह दीवारों और छत पर चढ़ सकता था।

Mais il ne voulait pas provoquer inutilement le père.
लेकिन वह पिता को बेवजह भड़काना नहीं चाहता था।

Une telle évasion aurait pu paraître particulièrement
perverse.
ऐसा भागना खास तौर पर बुरा लग सकता था।

Gregor admit que cette poursuite ne pourrait pas durer
beaucoup plus longtemps.
ग्रेगर ने माना कि यह पीछा ज़्यादा देर तक नहीं चल सकता।

Chaque étape nécessitait une myriade de mouvements.
हर कदम पर कई तरह की हरकतें करनी पड़ती थीं।

Il commençait déjà à avoir le souffle court.
उसे पहले से ही सांस लेने में तकलीफ़ होने लगी थी।

Même avant cela, il n'avait jamais eu des poumons
totalement fiables.
पहले भी उनके फेफड़े पूरी तरह से भरोसेमंद नहीं थे।

Il avançait en titubant, économisant ses forces pour la
course.
वह लड़खड़ाते हुए आगे बढ़ा, और दौड़ने के लिए अपनी ताकत बचाकर
रखी।

Il était si fatigué qu'il avait du mal à garder les yeux ouverts.
वह इतना थक गया था कि उसकी आँखें भी मुश्किल से खुली रह पा रही
थीं।

Ses pensées étaient devenues trop lentes pour qu'il puisse
envisager d'autres solutions.
उसके विचार इतने धीमे हो गए कि वह बचने के दूसरे तरीकों के बारे में
सोच ही नहीं पाया।

Il avait presque oublié que les murs étaient à sa disposition.

वह लगभग भूल ही गया था कि दीवारें उसके लिए उपलब्ध हैं।

Mais les murs étaient de toute façon dissimulés derrière des meubles.
लेकिन दीवारें वैसे भी फर्नीचर के पीछे छिपी हुई थीं।

Et les meubles avaient trop d'encoches et de saillies.
और फर्नीचर में बहुत ज़्यादा खांचे और उभार थे।

Et puis, juste à côté de lui, en roulant, il y avait une pomme.
और फिर, उसके ठीक बगल में, लुढ़कता हुआ, एक सेब था।

Il réalisa que la pomme avait dû lui être lancée.
उसे एहसास हुआ कि सेब ज़रूर उस पर फेंका गया होगा।

Mais il n'eut pas le temps de réfléchir qu'une autre pomme arriva.
लेकिन उसके पास सोचने का समय ही नहीं था कि दूसरा सेब आ गया।

Gregor resta figé, sous le choc de la nouvelle stratégie de son père.
पिता की नई स्ट्रेटेजी से ग्रेगर सदमे में आ गया।

Il ne pouvait plus rien gagner à essayer de fuir.
अब उसे भागने की कोशिश से कुछ भी हासिल नहीं हो सकता था।

Le père avait décidé de le bombarder de fruits.
पिता ने उस पर फलों की बौछार करने का फैसला किया था।

Il avait rempli ses poches avec les fruits du bol de la cuisine.
उसने रसोई के फलों के कटोरे से अपनी जेबें भर ली थीं।

Sans viser particulièrement, il lançait pomme après pomme.
बिना किसी खास निशाना लगाए, उसने एक के बाद एक सेब फेंके।

Ces petites pommes rouges roulaient sur le sol.
ये छोटे लाल सेब ज़मीन पर लुढ़क रहे थे।

Comme électrifiées, les pommes se heurtèrent les unes aux autres.
जैसे बिजली का करंट लगा हो, सेब एक-दूसरे से टकरा गए।

Une des pommes, lancée mollement, a effleuré le dos de Gregor.
कमज़ोर तरीके से फेंके गए सेबों में से एक ग्रेगर की पीठ पर लगा।

Heureusement pour lui, la pomme a glissé sans le blesser.
खुशकिस्मती से, वह सेब बिना किसी नुकसान के फिसल गया।

Cependant, la pomme lancée ensuite était plus précise.
हालाँकि, बाद में फेंका गया सेब ज़्यादा सटीक था।

Et cette pomme s'est logée profondément dans le dos de Gregor.
और यह सेब ग्रेगर की पीठ में गहराई तक धंस गया।

Gregor voulait s'éloigner de la douleur.
ग्रेगर खुद को दर्द से दूर खींचना चाहता था।

Peut-être pourrait-on échapper à cette nouvelle douleur inimaginable.
शायद इस नए, अविश्वसनीय दर्द से बचा जा सके।

Un changement d'endroit pourrait peut-être soulager son supplice.
शायद जगह बदलने से उसकी तकलीफ़ कम हो जाएगी।

Mais il avait l'impression d'être cloué au sol.
लेकिन उसे ऐसा लगा जैसे उसे फर्श पर कीलों से ठोंक दिया गया हो।

Il s'étira, mais seulement à cause de sa confusion.
उसने खुद को फैलाया, लेकिन सिर्फ़ अपने कन्फ्यूज़न की वजह से।

Ce n'est qu'à son dernier regard qu'il vit la porte s'ouvrir.
आखिरी नज़र में ही उसे दरवाज़ा खुलता हुआ दिखा।

La mère s'est précipitée devant sa sœur qui hurlait.
माँ चिल्लाती हुई बहन के सामने से भागी।

Sa sœur l'avait déshabillée, elle était donc encore en chemise.
बहन ने उसके कपड़े उतार दिए थे, इसलिए वह अपनी शर्ट में थी।

Elle avait besoin de respirer pendant son inconscience.
उसे बेहोशी में सांस लेने की जगह की ज़रूरत थी।

Il voyait encore la mère courir vers le père.
उसने फिर भी देखा कि माँ कैसे पिता की ओर दौड़ी।

Ses jupes glissèrent au sol, l'une après l'autre.
उसकी स्कर्ट एक के बाद एक ज़मीन पर गिर गई।

Il la vit s'approcher du père et trébucher sur sa jupe.
उसने उसे पिता के पास आते और अपनी स्कर्ट पर गिरते देखा।

L'enlaçant, elle demanda qu'on épargne la vie de Gregor.
उसे गले लगाते हुए उसने ग्रेगर की जान बख़्शाने की प्रार्थना की।

En parfaite harmonie avec son corps, sa vue s'est éteinte.
अपने शरीर के साथ पूरी तरह एक होने पर भी उसकी आँखों की रोशनी
चली गई।

Gregor a souffert de cette grave blessure pendant plus d'un mois.
ग्रेगर को एक महीने से ज़्यादा समय तक गंभीर चोट लगी।

La pomme restait incrustée ; personne n'osait l'enlever.
सेब वहीं धंसा रहा; किसी ने उसे निकालने की हिम्मत नहीं की।

La pomme restait plantée dans sa chair comme un rappel visible.
सेब उसके शरीर में एक दिखने वाली याद के तौर पर रह गया।

Mais la pomme servait aussi de rappel au père.
लेकिन सेब पिता के लिए एक याद दिलाने वाला भी था।

Il comprit que Gregor ne devait pas être traité comme un ennemi.
उन्होंने महसूस किया कि ग्रेगर के साथ दुश्मन जैसा बर्ताव नहीं किया जाना चाहिए।

Actuellement, son apparence pourrait être triste et repoussante.
अभी उसका रूप उदास और घिनौना लग सकता है।

Mais il restait néanmoins un membre de leur famille.
लेकिन फिर भी, वह अभी भी उनके परिवार का सदस्य था।

Il a fallu accepter et tolérer cette réticence.
इस हिचकिचाहट को सहना पड़ा।

En raison de sa blessure, il risque fort de perdre sa mobilité à jamais.
उसके घाव की वजह से, उसकी चलने-फिरने की क्षमता हमेशा के लिए खत्म हो सकती है।

Il continuait à ramper dans sa chambre, mais beaucoup plus lentement.
वह अब भी अपने कमरे में रेंगता रहता था, लेकिन बहुत धीरे-धीरे।

Ramper à une quelconque hauteur était hors de question.

किसी भी ऊंचाई पर रेंगने का सवाल ही नहीं उठता था।

Mais Gregor a bien reçu une forme de compensation.
लेकिन ग्रेगर को कुछ न कुछ मुआवज़ा ज़रूर मिला।

Le soir, la porte du salon lui fut ouverte.
शाम को उनके लिए लिविंग रूम का दरवाज़ा खोला गया।

Et il estimait que ces réparations étaient tout à fait adéquates.
और उन्हें लगा कि ये मुआवज़ा पूरी तरह से काफ़ी था।

Avant le soir, il avait déjà commencé à surveiller la porte.
शाम होने से पहले ही उसने दरवाज़े पर नज़र रखना शुरू कर दिया।

Il était allongé dans l'obscurité, invisible depuis le salon.
वह अंधेरे में लेटा हुआ था, लिविंग रूम से दिखाई नहीं दे रहा था।

Il pouvait voir toute la famille à la table illuminée.
वह रोशन टेबल पर पूरे परिवार को देख सकता था।

Il était désormais autorisé à écouter leurs conversations.
अब उसे उनकी बातचीत सुनने की इजाज़त थी।

C'était très différent de leur arrangement précédent.
यह उनकी पिछली व्यवस्था से काफी अलग था।

Les conversations animées d'autrefois étaient terminées.
पहले के समय की मज़ेदार बातचीत खत्म हो गई थी।

C'étaient ces conversations qu'il désirait tant.
ये वो बातचीत थीं जिनका वह इंतज़ार करता था।

Lorsqu'il dormait seul dans de petites chambres d'hôtel.
जब वह छोटे होटल के कमरों में अकेले सो रहा था।

Quand il a dû se jeter dans les draps humides.
जब उसे खुद को गीले बिस्तर में डालना पड़ा।

Mais les soirées étaient désormais généralement calmes et sans incident.
लेकिन अब शामें ज़्यादातर शांत और बिना किसी घटना के बीतती थीं।

Le père s'est endormi dans son fauteuil après le dîner.
डिनर के बाद पिता अपनी कुर्सी पर सो गए।

Et la mère et la sœur s'exhortaient mutuellement à se taire.
और माँ और बहन ने एक दूसरे से चुप रहने का आग्रह किया।

La mère, penchée très haut sur la lampe, cousait du lin.
माँ रोशनी के पास झुककर कपड़े सिल रही थी।

Elle confectionne maintenant des robes pour l'un des magasins de mode.
अब वह एक फैशन स्टोर के लिए कपड़े बनाती थी।

Comme Gregor, sa sœur avait trouvé un emploi de vendeuse.
ग्रेगर की तरह, बहन ने भी सेल्सवुमन की नौकरी कर ली थी।

Elle apprenait la sténographie et le français le soir.
वह शाम को शॉर्टहैंड और फ्रेंच सीख रही थी।

Afin qu'elle puisse peut-être obtenir un meilleur poste plus tard.
ताकि बाद में उसे शायद कोई बेहतर नौकरी मिल सके।

Parfois, le père se réveillait de sa sieste du soir.
कभी-कभी पिता शाम की झपकी से जाग जाते थे।

« Chérie, tu as déjà cousu tellement longtemps aujourd'hui ! »
"डार्लिंग, आज तुम बहुत देर से सिलाई कर रही हो!"

Il semblait avoir oublié qu'il dormait.
ऐसा लग रहा था कि वह भूल गया था कि वह सो रहा था।

Mais il retombait aussitôt dans son sommeil.
लेकिन वह तुरंत फिर से नींद में सो गया।

Et la mère et la sœur s'échangèrent un sourire las.
और माँ और बहन एक दूसरे को देखकर थकी हुई सी मुस्कुराईं।

Le père avait développé une étrange nouvelle obstination.
पिता में एक अजीब सी नई ज़िद आ गई थी।

Même chez lui, il refusait d'enlever son uniforme de domestique.
यहां तक कि घर पर भी उन्होंने अपनी नौकर वाली वर्दी उतारने से मना कर दिया।

Et son peignoir pendait inutilement sur le cintre.
और उसका ड्रेसिंग गाउन बेकार में हैंगर पर लटका हुआ था।

Le père dormit donc, tout habillé, dans son fauteuil.
तो पिता पूरे कपड़े पहनकर अपनी आरामकुर्सी पर सो गए।

C'était comme s'il était toujours prêt à rendre service.
ऐसा लगता था जैसे वह हमेशा उनकी सेवा करने के लिए तैयार रहते थे।

Comme s'il attendait simplement la voix de son supérieur.
मानो वह अपने सीनियर की आवाज़ का ही इंतज़ार कर रहा था।

Cela a eu pour conséquence que son uniforme a perdu sa propreté.
इससे उनकी यूनिफ़ॉर्म की सफाई खत्म हो गई।

Bien que l'uniforme ne fût pas neuf lorsqu'il l'a reçu.
हालांकि जब उन्हें यूनिफ़ॉर्म मिली थी तब वह नई नहीं थी।

Et la mère faisait de son mieux pour prendre soin de l'uniforme.
और माँ ने यूनिफ़ॉर्म की देखभाल करने की पूरी कोशिश की।

Gregor passait des soirées entières à contempler cet uniforme.
ग्रेगर ने पूरी शाम इस यूनिफ़ॉर्म को देखते हुए बिताई।

Il observa le vieil homme dormir très mal.
उसने देखा कि बूढ़ा आदमी बहुत बेचैनी से सो रहा था।

Mais dans son sommeil, il remarqua aussi quelque chose de paisible.
लेकिन नींद में उसे कुछ शांति भी महसूस हुई।

Lorsque l'horloge a sonné dix heures, la mère a essayé de le réveiller.
जब घड़ी में दस बजे तो माँ ने उसे जगाने की कोशिश की।

Elle lui parla doucement et le persuada d'aller se coucher.
उसने धीरे से बात की और उसे सोने के लिए मना लिया।

Parce que dormir sur un fauteuil, ce n'était pas du vrai sommeil.
क्योंकि कुर्सी पर सोना असली नींद नहीं थी।

Il allait devoir commencer à travailler à six heures.
उसे छह बजे काम शुरू करना था।

Il avait donc vraiment besoin de dormir le mieux possible.
इसलिए उसे सच में अच्छी नींद लेने की ज़रूरत थी।

Mais il était pris d'une nouvelle forme d'obstination.
लेकिन वह एक नए तरह की ज़िद में जकड़ गया था।

Le fait de devenir serviteur avait commencé à avoir cet effet sur lui.
नौकर बनने का उस पर यह असर होने लगा था।

Il insistait donc toujours pour rester plus longtemps à table.
इसलिए वह हमेशा टेबल पर ज़्यादा देर तक रुकने पर ज़ोर देता था।

Bien qu'il se rendormît régulièrement dans son fauteuil.
हालाँकि वह रेगुलर तौर पर फिर से अपनी कुर्सी पर सो जाता था।

Et il ne pouvait être déplacé qu'avec la plus grande difficulté.
और उसे बहुत मुश्किल से ही हिलाया जा सका।

Il a fallu lui dire que ce lit lui conviendrait mieux.
उसे बताया गया कि यह बिस्तर उसके लिए बेहतर होगा।

La mère et la sœur ont dû insister, malgré quelques avertissements.
माँ और बहन को छोटी-छोटी चेतावनियों के साथ ज़ोर देना पड़ा।

Pendant quinze minutes, il se contenta de secouer lentement la tête.
पंद्रह मिनट तक वह बस धीरे-धीरे अपना सिर हिलाता रहा।

Et il garda les yeux fermés et refusa de se lever.
और उसने अपनी आँखें बंद रखीं, और उठने से मना कर दिया।

La mère tira doucement, mais fermement, sur sa manche.
माँ ने धीरे से, लेकिन मज़बूती से उसकी आस्तीन खींची।

Et elle lui murmurait des mots flatteurs à l'oreille, encore fatiguée.
और उसने उसके थके हुए कानों में तारीफ़ भरे शब्द फुसफुसाए।

La sœur a interrompu sa tâche pour aider sa mère.

बहन ने अपना काम छोड़कर अपनी माँ की मदद की।

Mais aucun de leurs efforts n'a fonctionné sur le père.
लेकिन पिता पर उनकी एक भी कोशिश काम नहीं आई।

Il s'enfonça encore plus profondément dans son fauteuil,
prêt à dormir.
वह अपनी कुर्सी में और भी गहराई तक धंस गया, सोने के लिए तैयार।

Et finalement, les femmes l'ont attrapé sous les aisselles.
और आखिर में औरतों ने उसे बगल से पकड़ लिया।

Il ouvrit les yeux et les regarda tour à tour.
उसने अपनी आँखें खोलीं और उन्हें बारी-बारी से देखा।

« Quelle vie ! » se plaignit-il en allant se coucher.
"यह कैसी ज़िंदगी है," उसने बिस्तर पर जाते हुए शिकायत की।

« Est-ce là la paix qui m'a été accordée dans ma vieillesse ? »
"क्या यही वह शांति है जो मुझे बुढ़ापे में मिली है?"

Mais alors, s'appuyant sur les deux femmes, il se leva
maladroitement.
लेकिन फिर, दोनों महिलाओं पर झुककर, वह अजीब तरह से उठ खड़ा
हुआ।

Il agissait comme s'il portait le fardeau le plus lourd.
उसने ऐसा बर्ताव किया जैसे वह सबसे भारी बोझ उठा रहा हो।

Il laissa les deux femmes le conduire au fond de la pièce.
उसने दोनों महिलाओं को कमरे के आखिर तक ले जाने दिया।

Là, il leur souhaita bonne nuit et poursuivit son chemin seul.
वहां उन्होंने उन्हें गुडनाइट कहा और अपने रास्ते पर चल पड़े।

Mais la mère jeta précipitamment son nécessaire à couture.
लेकिन माँ ने जल्दी से अपना सिलाई का सामान नीचे फेंक दिया।

Et la sœur posa elle aussi le stylo et le bloc-notes.
और बहन ने भी पेन और नोटपैड नीचे रख दिया।

Et ils coururent derrière le père pour l'aider davantage.
और वे पिता की मदद करने के लिए उनके पीछे दौड़े।

Qui, dans cette famille surmenée, avait du temps à consacrer à Gregor ?
इस बहुत ज़्यादा काम वाले परिवार में ग्रेगर के लिए किसके पास समय था?

Qui aurait pu lui accorder plus d'attention que nécessaire ?
कौन उसे ज़रूरत से ज़्यादा ध्यान दे सकता था?

Le budget des ménages est devenu de plus en plus restreint.
घर का बजट लगातार सीमित होता गया।

Finalement, pour faire des économies, ils ont dû licencier la bonne.
आखिरकार, पैसे बचाने के लिए उन्हें नौकरानी को निकालना पड़ा।

Elle fut remplacée par une femme à la carrure imposante et aux cheveux blancs.
उसकी जगह एक मोटी हड्डी वाली, सफेद बालों वाली महिला को रख दिया गया।

Mais cette femme ne venait que le matin et le soir.
लेकिन यह महिला केवल सुबह और शाम को ही आती थी।

Et tout le travail le plus lourd et le plus pénible lui avait été réservé.
और सारा भारी और मुश्किल काम उसके लिए बचाकर रखा गया था।

Toutes les autres tâches ménagères étaient prises en charge par la mère.
बाकी सारे काम माँ ने ही किए।

Il est même arrivé que plusieurs bijoux de famille soient vendus.
यहां तक कि कई पारिवारिक गहने भी बेच दिए गए।

Des bijoux que les femmes avaient portés avec joie lors des festivités.
ज्वेलरी जो महिलाओं ने सेलिब्रेशन के दौरान खुशी-खुशी पहनी थी।

Gregor a appris cela lors d'une discussion générale.
ग्रेगर को यह बात एक आम चर्चा से पता चली।

Le principal grief, cependant, portait sur autre chose.

हालाँकि, सबसे बड़ी शिकायत कुछ और थी।

L'appartement était trop grand, mais ils ne pouvaient pas déménager.
अपार्टमेंट बहुत बड़ा था, लेकिन वे बाहर नहीं जा सकते थे।

Il était impossible de déplacer Gregor.
ऐसा कोई तरीका नहीं था जिससे वे ग्रेगर को दूसरी जगह ले जा सकें।

Mais Gregor comprit que ce n'était pas seulement une question de considération.
लेकिन ग्रेगर को एहसास हुआ कि यह सिर्फ़ सोच-विचार नहीं था।

Quelque chose d'autre les a empêchés de déménager ailleurs.
किसी और चीज़ ने उन्हें कहीं और जाने से रोक दिया।

Il aurait facilement pu être transporté dans une caisse appropriée.
उसे आसानी से सही बॉक्स में ले जाया जा सकता था।

Leur sentiment de désespoir total les a paralysés.
पूरी तरह से निराश होने की भावना ने उन्हें पीछे खींच लिया।

Ils ne voulaient pas admettre que le malheur les avait frappés.
वे यह मानना नहीं चाहते थे कि उन पर मुसीबत आ गई है।

Ils ont accompli ce que le monde exige des pauvres.
दुनिया गरीब लोगों से जो मांगती है, वे उसे पूरा करते हैं।

Le père a apporté le petit déjeuner au jeune employé de banque.
पिता छोटे बैंक क्लर्क के लिए नाश्ता ले आए।

La mère s'est sacrifiée pour laver le linge d'inconnus.
माँ ने अजनबियों के कपड़े धोने के लिए खुद को कुर्बान कर दिया।

La sœur faisait des allers-retours pour prendre les commandes des clients.
बहन ग्राहकों के ऑर्डर के लिए इधर-उधर भागती रही।

Mais ils n'avaient tout simplement plus la force d'en faire plus.

लेकिन उनमें और कुछ करने की ताकत नहीं थी।

La blessure dans le dos de Gregor commença à le faire encore plus souffrir.
ग्रेगर की पीठ का घाव और भी ज़्यादा दुखने लगा।

Chaque soir, la mère et la sœur amenaient le père au lit.
हर रात माँ और बहन पिता को बिस्तर पर ले जाती थीं।

Ils laissèrent leur travail où il était et s'assirent ensemble.
उन्होंने अपना काम वहीं छोड़ दिया और साथ बैठ गए।

Ils se rapprochèrent et s'assirent joue contre joue.
और वे एक दूसरे के और करीब आ गए, और गाल से गाल सटाकर बैठ गए।

La mère désigna la pièce d'où il observait.
माँ ने उस कमरे की ओर इशारा किया जहाँ से वह देख रहा था।

« Pourriez-vous fermer la porte ? » demanda-t-elle à sa sœur.
"क्या आप दरवाज़ा बंद कर देंगे," उसने बहन से पूछा।

Et Gregor se retrouva de nouveau seul dans le noir.
और फिर ग्रेगर फिर से अंधेरे में अकेला रह गया।

Et dans la pièce voisine, la femme mêla leurs larmes.
और अगले कमरे में उस औरत ने उनके आंसू मिला दिए।

Ou bien ils restaient assis, les yeux secs, fixant simplement la table.
या फिर वे आँखें मूंदकर बैठे रहे, बस टेबल को घूरते रहे।

Gregor ne dormait pratiquement pas, ni la nuit ni le jour.
ग्रेगर मुश्किल से ही सोता था, न रात को, न दिन को।

Il réfléchissait souvent à la façon dont il pourrait aider sa famille.
वह अक्सर सोचता था कि वह परिवार की मदद कैसे कर सकता है।

Il songea à gagner à nouveau de l'argent pour eux.
उसने उनके लिए फिर से पैसे कमाने के बारे में सोचा।

Il songea à faire ce qu'il faisait autrefois pour eux.
उसने सोचा कि वह उनके लिए वही करे जो वह पहले करता था।

Le représentant autorisé lui revint dans ses pensées.
अपने विचारों में डूबा हुआ अधिकृत प्रतिनिधि वापस आ गया।

Et cette fois, le patron est également venu à l'appartement.
और इस बार बॉस भी अपार्टमेंट में आ गया।

Et les commis et les apprentis étaient là aussi.
और क्लर्क और अप्रेंटिस भी वहां थे।

Même le domestique un peu simplet est venu le voir.
यहां तक कि ऑफिस का धीमा दिमाग वाला नौकर भी उससे मिलने

आया।

Il y avait deux ou trois amis d'autres entreprises.
दूसरे बिज़नेस से दो-तीन दोस्त भी थे।

Une des femmes de chambre d'un hôtel de province.
प्रांतों के एक होटल की एक नौकरानी।

Un souvenir précieux et fugace auquel il s'efforçait de
s'accrocher.
एक प्यारी और पल भर की याद जिसे वह संभालकर रखने की कोशिश

कर रहा था।

Une caissière d'une chapellerie pour laquelle il avait des
intentions.
एक टोपी की दुकान का कैशियर जिसके लिए उसके इरादे थे।

Mais il avait été un peu trop lent à obtenir son approbation.
लेकिन वह उसकी मंज़ूरी पाने में थोड़ा धीमा था।

Ils lui apparurent tous, mêlés à des inconnus.
वे सभी उसके विचारों में अजनबियों के साथ मिले-जुले दिखाई दिए।

Et d'autres n'apparurent pas ; ils étaient déjà oubliés.
और दूसरे लोग दिखाई नहीं दिए; उन्हें पहले ही भुला दिया गया था।

Mais ils ne l'ont pas aidé, ni lui, ni sa famille.
लेकिन उन्होंने न तो उसकी मदद की और न ही परिवार की।

Ils étaient inaccessibles, et il était content quand ils sont
partis.
वे पहुँच से बाहर थे, और जब वे चले गए तो वह खुश हुआ।

Il n'était pas toujours d'humeur à se soucier de sa famille.
वह हमेशा परिवार की चिंता करने के मूड में नहीं रहता था।

Et il était rempli de rage à cause de ce manque d'attention.
और ध्यान न मिलने से वह गुस्से से भर गया।

Et il ne pouvait imaginer rien qui puisse lui faire envie.
और वह ऐसी किसी चीज़ की कल्पना नहीं कर सकता था जिसके लिए उसे भूख थी।

Mais il avait tout de même prévu de cambrioler le garde-manger.
लेकिन फिर भी उसने पेंट्री में घुसने का प्लान बनाया।

Et il allait prendre tout ce qui lui était dû.
और वह वह सब कुछ लेने जा रहा था जिसका वह हकदार था।

Sa sœur ne faisait plus aucun effort particulier pour lui.
बहन ने अब उसके लिए कोई खास कोशिश नहीं की।

Elle ne consacrait plus de temps à chercher à lui plaire.
अब वह उसे खुश करने के बारे में सोचने में समय नहीं बिताती थी।

Avant d'aller travailler, elle a rapidement glissé de la nourriture dans la pièce.
काम से पहले उसने जल्दी से कुछ खाना कमरे में रख दिया।

Et le soir venu, elle a rapidement ramassé les restes.
और शाम को उसने जल्दी से खाना फिर से साफ़ कर दिया।

Elle ne faisait plus attention à savoir s'il avait mangé ou non.
उसने खाना खाया या नहीं, इस बात पर अब उसे ध्यान नहीं रहा।

Le plus souvent, la nourriture restait intacte.
अब अक्सर खाना बिना छुए ही रह जाता था।

Elle continuait de traverser la pièce rapidement le soir.
वह शाम को भी जल्दी-जल्दी कमरे में झाड़ू लगाती थी।

Mais maintenant, elle se contentait du strict minimum, aussi vite que possible.
लेकिन अब उसने जितना हो सके, कम से कम काम किया।

Des traînées de saleté jonchaient les murs.

दीवारों पर गंदगी की लकीरें फैली हुई थीं।

Des boules de poussière et de détritus jonchaient le sol.
फर्श पर धूल और कचरे के गोले पड़े थे।

Gregor manifesta son désapprobation face à son manque d'attention.
ग्रेगर ने उसकी लापरवाही पर अपनी नाराज़गी दिखाई।

Il se tourna selon un angle particulièrement significatif.
उसने खुद को एक खास एंगल पर घुमाया।

Mais il aurait pu rester à ce poste pendant des semaines.
लेकिन वह कई हफ़्तों तक इस पद पर रह सकते थे।

Sa sœur n'aurait pas remarqué son mécontentement.
उसकी बहन को उसकी नाराज़गी का पता नहीं चला होगा।

Elle voyait la saleté aussi bien que lui, voire mieux.
वह भी गंदगी को उतनी ही अच्छी तरह देखती थी, अगर उससे बेहतर नहीं तो।

Mais elle avait décidé de laisser la saleté où elle était.
लेकिन उसने गंदगी को वहीं छोड़ने का फैसला कर लिया था।

À cette époque, elle a développé une sensibilité totalement nouvelle.
उस समय उन्होंने पूरी तरह से नई सेंसिटिविटी अपनाई।

Elle s'était donné pour mission de nettoyer la chambre de Gregor.
उसने ग्रेगर के कमरे की सफाई को अपनी ज़िम्मेदारी बना लिया था।

La famille a été touchée par sa gentillesse et sa prévenance.
परिवार उसकी दयालु सोच से बहुत खुश हुआ।

Une fois, sa mère avait nettoyé sa chambre de fond en comble.
एक बार माँ ने उसके कमरे की अच्छी तरह सफाई करवाई थी।

Ce n'est qu'après avoir utilisé plusieurs seaux d'eau qu'elle a réussi.
कुछ बाल्टियाँ पानी इस्तेमाल करने के बाद ही उसे सफलता मिली।

Cependant, l'humidité nouvelle dans la pièce a nui à Gregor.

हालाँकि, कमरे में नई नमी ने ग्रेगर को नुकसान पहुँचाया।

Et il gisait, étendu de tout son long, amer et immobile sur le canapé.
और वह सोफे पर चौड़ा, कड़वा और बिना हिले-डुले पड़ा रहा।

Mais ce n'était que sa première punition pour avoir aidé.
लेकिन मदद करने के लिए यह उसकी पहली सज़ा थी।

La sœur remarqua rapidement le changement dans la chambre de Gregor.
बहन ने ग्रेगर के कमरे में हुए बदलाव को तुरंत नोटिस कर लिया।

Et elle s'est précipitée dans le salon, extrêmement insultée.
और वह बहुत बेइज्जत होकर लिविंग रूम में भाग गई।

Sa mère leva les mains et tenta de la supplier.
उसकी माँ ने हाथ उठाकर उससे विनती की।

Mais malgré une explication sincère, elle a éclaté en sanglots.
लेकिन ईमानदारी से समझाने के बावजूद, वह फूट-फूट कर रोने लगी।

Le père, bien sûr, sursauta et se leva de sa chaise.
पिता जी बेशक चौंककर अपनी कुर्सी से उठ खड़े हुए।

Et les deux parents regardaient, stupéfaits et impuissants.
और दोनों माता-पिता हैरान और बेबस होकर देखते रहे।

Et finalement, leurs émotions s'agitèrent elles aussi.
और आखिरकार उनकी भावनाएं भी उत्तेजित हो गईं।

Le père a reproché à la mère ce qu'elle avait fait.
पिता ने माँ को उसके किए के लिए डांटा।

« Tu aurais dû laisser la chambre à Grete pour qu'elle la nettoie. »
"आपको कमरा ग्रीट को साफ करने के लिए छोड़ देना चाहिए था।"

Grete a crié sur sa mère parce qu'elle avait nettoyé sa chambre.
ग्रेटे ने अपना कमरा साफ करने के लिए माँ पर चिल्लाया।

«Tu n'as plus jamais le droit de nettoyer sa chambre !»
"तुम्हें फिर कभी उसका कमरा साफ़ करने की इजाज़त नहीं है!"

La mère a essayé d'entraîner le père dans la chambre.
माँ ने पिता को बेडरूम में खींचने की कोशिश की।

La sœur resta seule dans la pièce, tremblante et sanglotant.
बहन कमरे में कांपती और रोती हुई रह गई।

Et elle frappa la table avec ses petits poings.
और उसने अपनी छोटी मुट्ठियों से मेज पर ज़ोर से मारा।

Et Gregor siffla bruyamment de colère contre eux tous.
और ग्रेगर ने उन सब पर गुस्से में ज़ोर से फुफकारा।

Pourquoi personne n'avait-il pensé à lui fermer la porte ?
किसी ने उसके लिए दरवाज़ा बंद करने के बारे में क्यों नहीं सोचा?

Ils auraient pu lui épargner ce spectacle et ce bruit.
वे उसे इस नज़ारे और शोर से बचा सकते थे।

Sa sœur était épuisée après être rentrée du travail.
काम से घर आने के बाद बहन थक गई थी।

Et s'occuper de Gregor représentait encore plus de travail
pour elle.
और ग्रेगर की देखभाल करना उसके लिए और भी ज़्यादा काम था।

Mais cela ne signifie pas que la mère aurait dû le faire.
लेकिन इसका मतलब यह नहीं था कि मां को ऐसा करना चाहिए था।

Gregor, en revanche, ne doit pas être négligé.
दूसरी ओर, ग्रेगर को नज़रअंदाज़ नहीं किया जाना चाहिए।

Mais maintenant, ils avaient une nouvelle bonne qui
pouvait faire ce genre de choses.
लेकिन अब उनके पास एक नई नौकरानी थी जो ऐसे काम कर सकती
थी।

Une veuve âgée à la charpente osseuse robuste.
एक बुजुर्ग विधवा जिसकी हड्डियाँ मज़बूत थीं।

Une stature qui l'a aidée à survivre à sa vie difficile.
एक ऐसा कद जिसने उसे मुश्किल ज़िंदगी जीने में मदद की।

L'apparence de Gregor ne lui déplaisait pas vraiment.
ग्रेगर के लुक से उसे कोई खास नफ़रत नहीं थी।

Elle avait ouvert la porte de la chambre de Gregor par inadvertance.
उसने गलती से ग्रेगर के कमरे का दरवाज़ा खोल दिया था।

Ce n'était pas par curiosité particulière à propos de la pièce.
यह कमरे के बारे में किसी खास जिज्ञासा की वजह से नहीं था।

Elle faisait simplement son travail et a ouvert la porte par hasard.
वह बस अपना काम कर रही थी, और अचानक दरवाज़ा खुल गया।

Gregor, bien sûr, fut complètement surpris par elle.
ग्रेगर, बेशक, उससे पूरी तरह हैरान था।

Il n'était pas poursuivi, mais il courait d'avant en arrière.
उसका पीछा नहीं किया जा रहा था, लेकिन वह आगे-पीछे भाग रहा था।

Elle croisa simplement les bras et le regarda ramper.
और वह बस अपने हाथ मोड़कर उसे रेंगते हुए देखती रही।

Depuis lors, elle lui entrouvrait toujours un peu la porte.
तब से, वह हमेशा उसके लिए दरवाज़ा थोड़ा खोलती थी।

Un matin, elle a jeté un coup d'œil pour voir comment il allait.
एक बार सुबह उसने अंदर जाकर देखा कि वह कैसा है।

Et le soir, elle est allée prendre de ses nouvelles avant de partir.
और शाम को जाने से पहले उसने उसका हालचाल पूछा।

Au début, elle a aussi essayé de l'appeler pour qu'il vienne la rejoindre.
पहले तो उसने भी उसे अपने पास बुलाने की कोशिश की।

« Viens par ici, vieux bousier ! » disait-elle.
वह कहती थी, "इधर आओ, बूढ़े गोबर के कीड़े!"

Ou bien elle disait, amicalement : « Regardez ce vieux bousier ! »
या उसने दोस्ताना अंदाज़ में कहा, "बूढ़े गोबर के कीड़े को देखो!"

Gregor n'a jamais réagi lorsqu'on lui parlait de cette façon.
ग्रेगर ने कभी भी इस तरह से बात किए जाने पर जवाब नहीं दिया।

Il resta là, immobile, et l'ignora.
वह वहीं बिना हिले-डुले खड़ा रहा और उसे अनदेखा करता रहा।

« Si seulement on lui avait expliqué comment faire correctement son travail. »
"काश उसे बताया गया होता कि उसे अपना काम ठीक से कैसे करना है।"

« Au lieu de me déranger, elle devrait nettoyer ma chambre. »
"मुझे परेशान करने के बजाय उसे मेरा कमरा साफ़ करना चाहिए।"

Tôt le matin, une forte pluie a frappé les fenêtres.
एक बार सुबह-सुबह तेज़ बारिश की बूंदें खिड़कियों पर पड़ीं।

Peut-être la pluie était-elle déjà un signe du printemps à venir.
शायद बारिश पहले से ही आने वाले वसंत का संकेत थी।

La bonne recommença à lui parler de cette façon.
नौकरानी ने एक बार फिर उससे उसी तरह बात करना शुरू कर दिया।

Gregor était tellement amer qu'il se tourna vers elle.
ग्रेगर इतना क्रोधित हो गया कि उसने उसका सामना किया।

Il était lent et infirme, mais c'était une sorte d'attaque.
वह धीमा और कमज़ोर था, लेकिन यह एक तरह का अटैक था।

La bonne, en revanche, n'avait absolument pas peur de Gregor.
हालाँकि, नौकरानी ग्रेगर से बिल्कुल भी नहीं डरती थी।

Au lieu de cela, elle souleva une chaise qui se trouvait près de la porte.
इसके बजाय, उसने दरवाज़े के पास रखी एक कुर्सी उठा ली।

Et elle resta là, calmement, la bouche grande ouverte.
और वह वहाँ शांति से, अपना मुँह खोले खड़ी रही।

Ses intentions étaient claires, même Gregor pouvait le voir.
उसके इरादे साफ़ थे, ग्रेगर भी यह देख सकता था।

Et il se retourna lentement pour reprendre sa position initiale.

और वह धीरे-धीरे घूमकर अपनी असली जगह पर आ गया।

« Donc vous ne voulez pas vous approcher davantage, n'est-ce pas ? »
"तो फिर आप और पास नहीं आना चाहते, है ना?"

Et elle remit discrètement la chaise dans le coin.
और उसने चुपचाप कुर्सी वापस कोने में रख दी।

Gregor ne mangeait presque plus rien.
ग्रेगर अब मुश्किल से ही कुछ खा रहा था।

Parfois, lors de ses promenades dans la pièce, il s'arrêtait.
कभी-कभी, कमरे में घूमते हुए, वह रुक जाता था।

Et il se retrouva à côté du repas qui lui avait été préparé.
और उसने खुद को उसके लिए तैयार किए गए खाने के पास पाया।

Il mit la nourriture dans sa bouche, mais seulement pour jouer avec.
उसने खाना अपने मुंह में डाला, लेकिन सिर्फ उसके साथ खेलने के लिए।

Et bien souvent, il le recrachait quelques heures plus tard.
और अक्सर वह कुछ घंटों के बाद फिर से वही बात उगल देता था।

Il essaya de trouver une raison à son manque d'appétit.
उसने अपनी भूख न लगने का कारण जानने की कोशिश की।

Peut-être parce qu'il était triste de l'état de sa chambre.
शायद इसलिए क्योंकि वह अपने कमरे की हालत से दुखी था।

Mais il s'était fait à l'idée des changements survenus dans la pièce.
लेकिन वह कमरे में हो रहे बदलावों को स्वीकार कर चुका था।

Récemment, sa chambre était devenue une sorte de débarras.
हाल ही में उनका कमरा एक तरह का स्टोरेज रूम बन गया था।

Ils avaient pris l'habitude de laisser des choses là.
उन्हें वहां चीजें छोड़ने की आदत हो गई थी।

Et il restait maintenant beaucoup de choses de ce genre dans sa chambre.
और अब उसके कमरे में ऐसी बहुत सी चीजें बची हुई थीं।

Parce qu'une chambre de l'appartement avait été louée.
क्योंकि अपार्टमेंट का एक कमरा किराए पर दिया गया था।

Trois messieurs sérieux louaient la chambre ensemble.
तीन ईमानदार सज्जन एक साथ कमरा किराए पर ले रहे थे।

Gregor les avait aperçus un jour à travers une fente dans la porte.
एक बार ग्रेगर ने उन्हें दरवाज़े की दरार से देखा।

Ils portaient des barbes fournies et étaient habillés avec un soin méticuleux.
उनकी दाढ़ी पूरी थी और वे बहुत अच्छे कपड़े पहने हुए थे।

Ils étaient scrupuleux quant à la propreté des lieux.
वे हर चीज़ को साफ़-सुथरा रखने का बहुत ध्यान रखते थे।

Leur obsession pour la propreté ne s'arrêtait pas à leur chambre.
साफ़-सफ़ाई पर उनका ज़ोर सिर्फ़ उनके कमरे तक ही सीमित नहीं रहा।

L'appartement entier devait être maintenu d'une propreté impeccable.
पूरे अपार्टमेंट को पूरी तरह से साफ़ रखना था।

Ils étaient encore plus pointilleux sur l'apparence de la cuisine.
वे इस बात को लेकर और भी ज़्यादा परेशान थे कि किचन कैसा दिखता है।

Et ils ne supportaient aucun encombrement inutile.
और वे कोई भी फालतू की गड़बड़ी बर्दाश्त नहीं कर सकते थे।

Ils avaient également apporté leurs propres meubles.
वे अपने साथ अपना फर्नीचर भी लाए थे।

C'est pourquoi beaucoup de choses étaient devenues superflues.
इस कारण से कई चीजें फालतू हो गई थीं।

C'étaient des choses pour lesquelles personne n'aurait payé.
ये ऐसी चीजें थीं जिनके लिए कोई भी पैसे नहीं देगा।

Mais la famille ne voulait pas non plus se débarrasser de ces objets.
लेकिन परिवार भी इन चीज़ों को छोड़ना नहीं चाहता था।

Tous ces objets ont fini quelque part dans la chambre de Gregor.
ये सारी चीजें कहीं न कहीं ग्रेगर के कमरे में चली गईं।

Le cendrier de la cuisine se trouvait désormais dans sa chambre.
किचन से राख का डिब्बा अब उसके कमरे में रखा था।

Et les ordures étaient entreposées dans sa chambre jusqu'au jour de la collecte.
और कचरा कचरा दिन तक उसके कमरे में रखा गया।

La bonne a jeté dans sa chambre tout ce dont elle n'avait pas besoin.
नौकरानी ने जो भी चीज़ें ज़रूरत नहीं थीं, उन्हें उसके कमरे में फेंक दिया।

Heureusement, il n'a vu que la main et l'objet.
खुशकिस्मती से उसे हाथ और चीज़ के अलावा और कुछ नहीं दिखा।

Elle comptait probablement revenir chercher les affaires plus tard.
शायद वह बाद में चीज़ों के लिए वापस आना चाहती थी।

Ou peut-être voulait-elle tout jeter d'un coup.
या शायद वह एक ही बार में सब कुछ फेंक देना चाहती थी।

Cependant, tout est resté là où il s'était initialement posé.
हालाँकि, सब कुछ वहीं रहा जहाँ वह पहले पहुँचा था।

À moins que Gregor n'ait déplacé les débris en se faufilant à travers.
जब तक ग्रेगर ने कबाड़ को इधर-उधर करके नहीं हटाया।

Au début, il a été obligé de ramper à travers tous les détritus.
पहले तो उसे सारे कबाड़ में से रेंगकर जाना पड़ा।

Il lui était impossible d'éviter cela.

उसके लिए ऐसा करने से बचने का कोई रास्ता नहीं था।

Mais plus tard, il a finalement trouvé du plaisir dans cette activité.
लेकिन बाद में उन्हें इस काम में सच में मज़ा आने लगा।

Bien que ces efforts l'aient laissé triste et profondément fatigué.
हालांकि इस कोशिश से वह दुखी और बहुत थक गया।

Et ensuite, il est resté incapable de bouger pendant de nombreuses heures.
और उसके बाद वह कई घंटों तक हिल नहीं पाया।

Les locataires prenaient parfois leurs repas dans le salon.
किरायेदार कभी-कभी लिविंग रूम में खाना खाते थे।

La porte du salon restait fermée ces soirs-là.
उन शामों को लिविंग रूम का दरवाज़ा बंद रहता था।

Mais Gregor n'avait aucune difficulté à ne pas ouvrir la porte à présent.
लेकिन अब ग्रेगर को दरवाज़ा न खोलने में कोई परेशानी नहीं हुई।

Même lorsque la porte était ouverte, il ne regardait pas toujours dehors.
दरवाज़ा खुला होने पर भी वह हमेशा बाहर नहीं देखता था।

Mais il s'allongea dans le coin le plus sombre de la pièce.
लेकिन वह कमरे के सबसे अंधेरे कोने में लेट गया।

La famille n'a pas non plus remarqué son manque d'attention.
परिवार ने भी उसके ध्यान की कमी पर ध्यान नहीं दिया।

Mais une fois, la bonne a laissé la porte ouverte.
लेकिन एक बार नौकरानी ने दरवाज़ा खुला छोड़ दिया।

La porte est restée ouverte même au retour des locataires.
किरायेदारों के लौटने पर भी दरवाज़ा खुला रहा।

Et la porte était ouverte quand la lumière a été allumée.
और जब लाइट जलाई गई तो दरवाज़ा खुला था।

L'homme était assis à la table où la famille dînait.

वह आदमी उस टेबल पर बैठा था जहाँ परिवार खाना खा रहा था।

Autrefois, père, mère et Gregor étaient assis là.
पहले के समय में पिता, माता और ग्रेगर वहां बैठते थे।

Ils déplièrent les serviettes et prirent des couteaux et des fourchettes.
उन्होंने नैपकिन खोले और चाकू-कांटे ले लिए।

La mère apparut sur le seuil avec un bol de viande.
माँ मांस का कटोरा लेकर दरवाज़े पर प्रकट हुई।

Puis sa sœur est entrée avec un bol plein de pommes de terre.
तभी बहन आलू से भरा कटोरा लेकर अंदर आई।

Les locataires se penchèrent sur les bols placés devant eux.
किरायेदार अपने सामने रखे कटोरों पर झुक गए।

L'épaisse fumée des aliments leur montait jusqu'au nez.
खाने का भारी धुआँ उनकी नाक तक पहुँच गया।

Mais ils n'avaient pas encore décidé s'ils allaient manger.
लेकिन उन्होंने अभी तक यह तय नहीं किया था कि वे खाना खाएंगे या नहीं।

Peut-être renverraient-ils le plat en cuisine.
शायद वे खाना वापस किचन में भेज देंगे।

L'homme assis au milieu semblait être l'autorité.
बीच में बैठा आदमी अथॉरिटी लग रहा था।

Il a coupé la viande pour déterminer si elle était suffisamment tendre.
उसने यह देखने के लिए मांस काटा कि वह काफी नरम है या नहीं।

Il était satisfait de l'odeur et de l'apparence des aliments.
वह खाने की खुशबू और लुक से खुश था।

La mère et la sœur les observaient avec anxiété.
माँ और बहन उन्हें बेचैनी से देख रही थीं।

Et ils commencèrent à sourire, poussant un soupir de soulagement accumulé.

और वे राहत की सांस लेकर मुस्कुराने लगे।

La famille allait elle-même manger dans la cuisine.
परिवार खुद रसोई में खाना खाने जा रहा था।

Mais avant cela, le père alla voir comment allaient les locataires.
लेकिन पहले पिता किरायेदारों का हालचाल जानने गए।

Il s'inclina une fois, tenant sa casquette de travail à la main.
उन्होंने एक बार झुककर काम से लौटी अपनी टोपी हाथ में पकड़ी।

Et il fit le tour de la table, saluant chaque invité.
और वह टेबल के चारों ओर चक्कर लगाते हुए हर मेहमान के पास गया।

Les locataires se levèrent tous en marmonnant dans leur barbe.
सभी किरायेदार खड़े हो गए और अपनी दाढ़ी में कुछ बुदबुदाने लगे।

Après son départ, ils mangèrent dans un silence presque complet.
उसके जाने के बाद उन्होंने लगभग पूरी तरह से चुपचाप खाना खाया।

Gregor trouvait étrange d'entendre des bruits de mastication.
ग्रेगर को यह अजीब लगा कि वह चबाने की आवाज़ सुन सकता है।

Aucun autre aspect du repas ne semblait produire le moindre son.
खाने का कोई और पहलू कोई मायने नहीं रखता था।

Mais il pouvait distinctement entendre des dents grincer.
लेकिन उसे दांतों की आपस में पीसने की आवाज़ साफ़ सुनाई दे रही थी।

Ils semblaient lui dire qu'il avait besoin de dents pour manger.
ऐसा लग रहा था कि वे उसे बता रहे थे कि उसे खाने के लिए दांतों की ज़रूरत है।

« On ne peut rien faire si on n'a plus de dents dans la mâchoire. »
"अगर आपके जबड़े में दांत नहीं हैं तो आप कुछ नहीं कर सकते।"

« J'aimerais manger quelque chose », dit Gregor avec anxiété.
"मैं कुछ खाना चाहता हूँ", ग्रेगर ने बेचैनी से कहा।

« Mais je n'ai aucun appétit pour ce que vous mangez tous. »
"लेकिन आप सब जो खा रहे हैं, उसके लिए मुझे कोई भूख नहीं है।"

« Regardez ces locataires manger, et moi je meurs de faim. »
"देखो ये किराएदार खा रहे हैं, और मैं यहाँ भूखा मर रहा हूँ।"

Ce soir-là, Gregor pensait justement au violon.
उस शाम ग्रेगर को वायलिन के बारे में ख्याल आया।

Il n'avait plus entendu le violon depuis la transformation.
बदलाव के बाद से उसने वायलिन नहीं सुना था।

Mais ce soir-là, un bruit est venu de la cuisine.
लेकिन फिर, आज शाम को, रसोई से एक आवाज़ आई।

Les messieurs avaient déjà terminé leur repas du soir.
सज्जनों ने अपना शाम का खाना पहले ही खत्म कर लिया था।

L'homme du milieu avait commencé à lire un journal.
बीच वाले सज्जन ने अखबार पढ़ना शुरू कर दिया था।

Il avait donné une feuille à chacun des deux autres messieurs.
उसने बाकी दो लोगों को एक-एक शीट दी थी।

Et maintenant, ils étaient affalés en arrière, en train de lire et de fumer.
और अब वे पीछे झुककर पढ़ रहे थे और सिगरेट पी रहे थे।

Lorsque le violon commença à jouer, ils devinrent attentifs.
जब वायलिन बजने लगा तो वे ध्यान देने लगे।

Ils se levèrent et marchèrent sur la pointe des pieds jusqu'à la porte de l'antichambre.
वे उठे और पंजों के बल चलते हुए एंटरूम के दरवाज़े तक गए।

Ils se tenaient là, blottis les uns contre les autres, écoutant à la porte.
वे दरवाज़े पर एक साथ खड़े होकर सुन रहे थे।

La famille a dû entendre les hommes qui étaient dans la cuisine.
परिवार ने ज़रूर किचन से आदमियों की आवाज़ सुनी होगी।

Car le père les appela et leur demanda :
क्योंकि पिता ने उन्हें पुकार कर पूछा,

« Le violon ne serait-il pas inconfortable pour ces messieurs ? »
"क्या वायलिन शायद सज्जनों के लिए असुविधाजनक है?"

« Si la musique ne vous plaît pas, on peut s'arrêter immédiatement. »
"अगर आपको म्यूज़िक पसंद नहीं है तो हम तुरंत रोक सकते हैं।"

« Au contraire », dit celui du milieu des messieurs.
"इसके विपरीत," सज्जनों के बीच वाले ने कहा।

« La jeune fille aimerait-elle jouer du violon dans notre chambre ? »
"क्या वह युवती हमारे कमरे में वायलिन बजाना पसंद करेगी?"

« C'est nettement plus confortable et chaleureux ici. »
"यहाँ पक्का ज़्यादा आरामदायक और सुकून है।"

Le père répondit comme s'il était lui-même le violoniste.
पिता ने ऐसे जवाब दिया जैसे वे खुद वायलिन बजाने वाले हों।

« Oh, je vous en prie, ce serait merveilleux », s'écria le père.
"ओह प्लीज़, यह तो बहुत बढ़िया होगा," पिता ने कहा।

Les messieurs retournèrent au salon et attendirent.
सज्जन लोग लिविंग रूम में लौट आए और इंतज़ार करने लगे।

Peu après, le père entra dans la pièce avec le pupitre.
जल्द ही पिता म्यूज़िक स्टैंड लेकर कमरे में आ गए।

La mère entra dans la pièce avec le livre de musique.
माँ म्यूज़िक बुक लेकर कमरे में आई।

Et la sœur entra dans la pièce avec le violon.
और बहन वायलिन लेकर कमरे में आ गयी।

Elle a calmement tout préparé pour jouer du violon.
उसने शांति से वायलिन बजाने के लिए सब कुछ तैयार किया।

Les parents exagéraient leur politesse et leurs bonnes manières.
माता-पिता ने अपनी विनम्रता और शिष्टाचार को बढ़ा-चढ़ाकर बताया।

Ils n'avaient jamais loué de chambres à des locataires auparavant.
उन्होंने पहले कभी किराएदारों को कमरे किराए पर नहीं दिए थे।

Et ils n'osaient même pas s'asseoir sur leurs propres chaises.
और वे अपनी कुर्सियों पर बैठने की भी हिम्मत नहीं कर पाए।

Au lieu de s'asseoir, le père s'appuya contre la porte.
बैठने के बजाय पिता दरवाज़े से टिक गए।

Sa main droite était coincée entre deux boutons de son manteau.
उसका दाहिना हाथ उसके कोट के दो बटनों के बीच था।

Un monsieur a toutefois offert une chaise à la mère.
हालाँकि, माँ को एक आदमी ने कुर्सी दी।

Mais elle s'assit là où le monsieur avait placé la chaise.
लेकिन वह वहीं बैठ गई जहां उस आदमी ने कुर्सी रखी थी।

Et il n'avait pas placé la chaise à un endroit précis.
और उसने कुर्सी को कहीं खास जगह पर नहीं रखा था।

La mère s'assit donc à l'écart de tout le monde, dans un coin.
इसलिए माँ सबसे अलग एक कोने में बैठ गई।

Et finalement, la sœur s'est mise à jouer du violon.
और आखिरकार बहन ने वायलिन बजाना शुरू कर दिया।

Les parents, placés de part et d'autre, suivaient attentivement.
दोनों तरफ के माता-पिता ने इस पर पूरा ध्यान दिया।

Et ils observaient attentivement chacun des mouvements de sa main.
और उन्होंने उसके हाथ की हर हरकत को ध्यान से देखा।

Gregor était également attiré par le jeu du violon.
ग्रेगर को वायलिन बजाने में भी रुचि थी।

Et il s'aventura un peu plus loin hors de sa chambre.

और वह अपने कमरे से थोड़ा आगे निकल गया।

Il avait déjà la tête dans le salon.
वह पहले से ही लिविंग रूम में था।

Il était très fier d'être très attentionné.
वह बहुत विचारशील होने पर बहुत गर्व महसूस करता था।

Mais récemment, il ne remettait guère en question son manque d'attention.
लेकिन हाल ही में उन्होंने अपनी लापरवाही पर शायद ही कोई सवाल उठाया हो।

Même s'il avait maintenant plus de raisons de se cacher qu'auparavant.
हालांकि अब उसके पास छिपने के लिए पहले से ज़्यादा कारण थे।

Parce que sa chambre était recouverte de poussière et de saletés diverses.
क्योंकि उसका कमरा धूल और अलग-अलग गंदगी से भरा हुआ था।

Le moindre mouvement soulevait toutes sortes d'immondices.
ज़रा सी भी हलचल से हर तरह की गंदगी फैल जाती थी।

Toute cette saleté lui collait à la peau : poussière, cheveux, restes de nourriture.
यह सारी गंदगी उस पर चिपक गई; धूल, बाल, खाने के बचे हुए टुकड़े।

Il aurait pu frotter la saleté contre le tapis.
वह कालीन पर लगी गंदगी को रगड़ सकता था।

C'était quelque chose qu'il faisait plusieurs fois par jour.
यह काम वह रोज़ कई बार करता था।

Mais son indifférence à tout était bien trop grande.
लेकिन हर चीज़ के प्रति उसकी बेपरवाही बहुत ज़्यादा थी।

Il n'avait donc pas peur d'aller un peu plus loin.
इसलिए वह थोड़ा और आगे बढ़ने से नहीं डरता था।

Et il s'est installé sur le sol impeccable du salon.
और वह लिविंग रूम के साफ़-सुथरे फ़र्श पर चला गया।

Cependant, personne ne l'a remarqué, ni ne lui a prêté attention.
हालाँकि, किसी ने भी उस पर ध्यान नहीं दिया, या उस पर कोई ध्यान नहीं दिया।

La famille était complètement absorbée par le concert.
पूरा परिवार कॉन्सर्ट में पूरी तरह डूबा हुआ था।

Les messieurs, quant à eux, ont d'abord battu en retraite.
दूसरी ओर, सज्जन लोग शुरू में पीछे हट गए।

Et ils se tenaient tout près, derrière le pupitre de la sœur.
और वे बहन के म्यूज़िक स्टैंड के पीछे खड़े हो गए।

S'ils avaient regardé, ils auraient pu voir les notes de musique.
अगर उन्होंने देखा होता तो वे म्यूज़िक नोट्स देख सकते थे।

Cela aurait évidemment perturbé la sœur.
बेशक, इससे बहन परेशान हो गई होगी।

Alors, au lieu de s'asseoir, ils restèrent debout près de la fenêtre.
फिर वे बैठने के बजाय खिड़की के पास खड़े हो गए।

Les mains dans les poches, ils continuaient à parler.
वे अपनी जेबों में हाथ डाले बोलते रहे।

Ils restèrent là tandis que le père les observait avec anxiété.
वे वहीं खड़े रहे जबकि पिता बेचैनी से देख रहे थे।

On avait l'impression qu'ils avaient d'autres attentes.
किसी को ऐसा लगा कि उनकी उम्मीदें कुछ और थीं।

Et il semblait vraiment qu'ils avaient été déçus.
और ऐसा लग रहा था कि वे सच में निराश हो गए थे।

Il semblait qu'ils en avaient assez du spectacle.
ऐसा लग रहा था कि वे इस परफॉर्मेंस से तंग आ चुके थे।

Ils avaient laissé le violon troubler leur tranquillité.
उन्होंने वायलिन को अपनी शांति भंग करने दिया था।

Et ils ne toléraient la musique que par politesse.

और उन्होंने सिर्फ़ तहज़ीब की वजह से म्यूज़िक को बर्दाश्त किया।

La façon dont ils ont dissipé la fumée était particulièrement troublante.
उन्होंने जिस तरह से धुआं उड़ाया, वह खास तौर पर परेशान करने वाला था।

Et pourtant, elle jouait du violon avec une telle beauté.
और फिर भी वह वायलिन बहुत खूबसूरती से बजा रही थी।

Son visage était légèrement incliné sur le côté, sur le violon.
उसका चेहरा धीरे से एक तरफ झुका हुआ था, वायलिन पर।

Son regard parcourait tristement les lignes de la musique.
उसकी आँखें उदास होकर म्यूज़िक की धुनों को ढूंढ रही थीं।

Gregor se sentait un peu plus attiré par le salon.
ग्रेगर को लिविंग रूम में थोड़ा और खींचा हुआ महसूस हुआ।

Il gardait la tête près du sol, mais regardait vers le haut.
उसने अपना सिर ज़मीन से सटाए रखा, लेकिन ऊपर की ओर देखा।

Peut-être que de cette façon, le regard de sa sœur croiserait le sien.
शायद इस तरह उसकी बहन की नज़र उसकी आँखों से मिल जाए।

Peut-on vraiment dire qu'il n'était qu'un animal ?
क्या सचमुच यह कहा जा सकता है कि वह सिर्फ एक जानवर था?

Était-il un animal si la musique pouvait le captiver à ce point ?
अगर संगीत उसे इतना मोहित कर सकता था तो क्या वह जानवर था?

Il avait l'impression qu'on lui montrait un chemin vers une nourriture inconnue.
उसे ऐसा लगा जैसे उसे अनजान पोषण का रास्ता दिखा दिया गया हो।

C'était peut-être là le réconfort qui lui manquait.
शायद यही वह सहारा था जिसकी उसे कमी थी।

Il était déterminé à rejoindre sa sœur.
वह अपनी बहन के पास जाने का पक्का इरादा कर चुका था।

Il avait envie de tirer sur sa jupe pour attirer son attention.

वह उसका ध्यान खींचने के लिए उसकी स्कर्ट खींचना चाहता था।

Il voulait lui faire comprendre qu'il l'invitait.
वह उसे इनविटेशन का इशारा देना चाहता था।

« Viens jouer du violon dans ma chambre », aurait-il voulu dire.
"आओ और मेरे कमरे में वायलिन बजाओ," वह कहना चाहता था।

Il souhaitait qu'elle soit récompensée pour sa magnifique musique.
वह चाहते थे कि उन्हें उनके सुंदर संगीत के लिए इनाम मिले।

« Personne ici ne te récompense pour jouer du violon. »
"यहां कोई भी आपको वायलिन बजाने के लिए इनाम नहीं दे रहा है।"

Il ne voulait plus la laisser sortir de sa chambre.
वह अब उसे अपने कमरे से बाहर नहीं जाने देना चाहता था।

Il voulait qu'elle reste avec lui aussi longtemps qu'il vivrait.
वह चाहता था कि जब तक वह जीवित रहे, वह उसके साथ रहे।

Pour la première fois, sa transformation eut un avantage.
पहली बार उनके बदलाव से फ़ायदा हुआ।

Sa difformité allait enfin lui être utile.
आखिरकार उसकी यह कमजोरी उसके काम आने वाली थी।

Il voulait être présent simultanément aux quatre portes.
वह एक ही समय में चारों दरवाज़ों पर मौजूद रहना चाहता था।

Il avait envie de les siffler et de leur cracher dessus de tous les côtés.
वह हर तरफ से उन पर फुफकारना और थूकना चाहता था।

Sa sœur ne devrait pas être forcée de rester avec lui.
उसकी बहन को उसके साथ रहने के लिए मजबूर नहीं किया जाना चाहिए।

Il voulait qu'elle choisisse volontairement de rester avec lui.
वह चाहता था कि वह अपनी मर्ज़ी से उसके साथ रहना चुने।

Elle allait s'asseoir à côté de lui et se pencher vers lui.
वह उसके बगल में बैठने वाली थी और उस पर झुकने वाली थी।

Et il allait lui parler de l'école de musique.
और वह उसे म्यूज़िक स्कूल के बारे में बताने वाला था।

Il avait la ferme intention de l'envoyer à l'académie.
उनका पक्का इरादा था कि वह उसे अकादमी में भेजें।

Il en aurait parlé à tout le monde à Noël dernier.
वह पिछले क्रिसमस पर सबको इस बारे में बता देता।

Noël était-il déjà passé ?
क्या क्रिसमस सच में आकर फिर चला गया?

Et il n'aurait laissé personne le dissuader.
और वह किसी को भी इससे रोकने नहीं देता।

Mais un accident malheureux a tout arrêté.
लेकिन फिर एक दुर्भाग्यपूर्ण दुर्घटना ने सब कुछ रोक दिया।

La sœur aurait été submergée par l'émotion.
बहन भावुक हो गई होगी।

Et Gregor aurait alors grimpé jusqu'à son épaule.
और फिर ग्रेगर उसके कंधे पर चढ़ जाता।

Et il l'aurait réconfortée en l'embrassant dans le cou.
और वह उसकी गर्दन को चूमकर उसे दिलासा देता।

« Monsieur Samsa ! » appela l'homme au milieu au père.
"मिस्टर समसा!" बीच में खड़े आदमी ने पिता को पुकारा।

Il pointait Gregor du doigt.
वह अपनी तर्जनी उंगली से ग्रेगर की ओर इशारा कर रहा था।

Gregor traversait lentement le salon.
ग्रेगर धीरे-धीरे लिविंग रूम के फर्श पर चल रहा था।

Le jeu du violon s'est très vite tu.
वायलिन का बजना बहुत जल्दी शांत हो गया।

Celui du milieu sourit à ses amis.
तीनों आदमियों में से बीच वाला अपने दोस्तों को देखकर मुस्कुराया।

Puis il secoua la tête et regarda Gregor.
फिर उसने अपना सिर हिलाया और ग्रेगर की ओर देखा।

Le père aurait pu forcer Gregor à retourner dans sa chambre.

पिता ग्रेगर को ज़बरदस्ती वापस उसके कमरे में भेज सकते थे।

Mais ce n'était pas la première action qu'il décida d'entreprendre.
लेकिन यह पहला काम नहीं था जिसका उन्होंने फैसला किया।

Il estimait qu'il était plus important de calmer ces messieurs.
उन्होंने सोचा कि सज्जनों को शांत करना ज़्यादा ज़रूरी है।

Bien qu'ils ne fussent pas vraiment contrariés par Gregor.
हालाँकि वे ग्रेगर से बिल्कुल भी परेशान नहीं थे।

Gregor semblait plus divertissant que le jeu de violon.
ग्रेगर वायलिन बजाने से ज़्यादा मनोरंजक लग रहा था।

Il s'est précipité vers eux, les bras tendus.
वह हाथ फैलाकर उनके पास दौड़ा।

Il faisait de son mieux pour leur cacher la vue de Gregor.
वह ग्रेगर के बारे में उनकी सोच को छिपाने की पूरी कोशिश कर रहा था।

Et il a essayé de les faire retourner dans leur chambre.
और उसने उन्हें वापस अपने कमरे में आने के लिए हिम्मत देने की कोशिश की।

Au contraire, cela les a un peu agacés.
अगर कुछ हुआ भी तो इससे उन्हें थोड़ी चिढ़ हुई।

Mais il était difficile de dire exactement ce qui les agaçait.
लेकिन यह कहना मुश्किल था कि असल में उन्हें किस बात से गुस्सा आया।

Le père gâchait le divertissement de la soirée.
पिता रात का मनोरंजन बिगाड़ रहे थे।

Mais ils venaient aussi d'apprendre l'existence de leur nouveau colocataire.
लेकिन उन्हें अपने नए फ्लैटमेट के बारे में भी पता चला था।

Ils levèrent les mains comme l'avait fait leur père.
उन्होंने अपने हाथ वैसे ही उठाए जैसे पिता ने उठाए थे।

Ils ont exigé une explication immédiate du père.
उन्होंने पिता से तुरंत जवाब मांगा।

Ils tiraient nerveusement sur leur barbe, cherchant une réponse.
उन्होंने जवाब के लिए बेचैनी से अपनी दाढ़ी खींची।

Et ils reculèrent jusqu'à leur chambre, mais très lentement.
और वे अपने कमरे की ओर पीछे की ओर चले गए, लेकिन बहुत धीरे-धीरे।

L'interruption avait plongé la sœur dans une sorte de transe.
इस रुकावट से बहन बेहोश हो गई थी।

Elle laissa pendre le violon et l'archet le long de son corps.
उसने वायलिन और बो को अपनी बगल में लटका दिया।

Et elle regarda la partition comme si elle jouait encore.
और उसने शीट म्यूज़िक को ऐसे देखा जैसे वह अभी भी बज रहा हो।

Mais soudain, elle est revenue dans la pièce.
लेकिन फिर वह अचानक खुद को वापस कमरे में खींच लाई।

Et elle avait désormais surmonté le sentiment d'être perdue.
और अब वह खो जाने की भावना से उबर चुकी थी।

Elle a posé l'instrument de musique sur les genoux de sa mère.
उसने म्यूज़िकल इंस्टूमेंट अपनी माँ की गोद में रख दिया।

La mère était assise sur la chaise, respirant bruyamment.
माँ कुर्सी पर बैठी हुई भारी साँस ले रही थी।

Et puis la sœur a dû courir dans la pièce voisine.
और फिर बहन को अगले कमरे में भागना पड़ा।

Elle devait tout préparer pour les messieurs.
उसे सज्जनों के लिए सब कुछ तैयार करना था।

Elle a jeté les couvertures et les coussins en l'air.
उसने कंबल और कुशन हवा में उछाल दिए।

Et de ses mains expertes, elle a disposé toute la literie.
और अपने कुशल हाथों से उसने सारा बिस्तर व्यवस्थित किया।

Elle avait terminé avant que les messieurs n'atteignent la pièce.

सज्जनों के कमरे में पहुंचने से पहले ही वह काम खत्म कर चुकी थी।

Et elle s'est éclipsée avant de les gêner.
और वह उनके रास्ते में आने से पहले ही निकल गई।

Le père semblait prisonnier de son propre entêtement.
ऐसा लग रहा था कि पिता अपनी ही ज़िद में जकड़े हुए थे।

Et il oublia ainsi tout le respect qu'il devait à ses locataires.
और इस तरह वह अपने किराएदारों के प्रति अपना सारा सम्मान भूल गया।

Il a insisté sans relâche jusqu'à ce que leur porte-parole s'y oppose.
वह तब तक धक्का देते रहे जब तक उनके स्पोक्सपर्सन ने एतराज़ नहीं किया।

Il a tapé du pied avec colère en arrivant à la porte.
जब वह दरवाज़े पर पहुँचा तो उसने गुस्से में पैर पटका।

Et c'est ainsi qu'il immobilisa le père.
और इस तरह उसने पिता को रोक दिया।

« Par la présente, je déclare », commença-t-il en s'adressant à son propriétaire.
"मैं यह घोषणा करता हूँ," उसने अपने मकान मालिक से बात करना शुरू किया।

Et il leva la main, regardant toute la famille.
और उसने पूरे परिवार की ओर देखते हुए अपना हाथ उठाया।

« En ce qui concerne l'état répugnant de la chambre ; »
"कमरे की खराब हालत के बारे में;"

Et il s'assurait que tous écoutaient ses paroles.
और उन्होंने यह पक्का किया कि सभी लोग उनकी बातें सुन रहे हैं।

« Par la présente, je vous informe que je vais libérer ma chambre. »
"मैं यह नोटिस दे रहा हूँ कि मैं अपना कमरा खाली कर दूँगा।"

Et il a appuyé son propos en crachant par terre.
और उन्होंने ज़मीन पर थूककर अपनी बात को आगे बढ़ाया।

« Je ne paierai pas non plus pour les jours que j'ai passés ici.
»
"और न ही मैं उन दिनों का भुगतान करूंगा जो मैंने यहां बिताए हैं।"

Il n'était cependant pas entièrement satisfait de ce
remboursement.
हालाँकि, वह इस रिफंड से पूरी तरह संतुष्ट नहीं थे।

« Et j'envisagerai de formuler d'autres demandes à votre
encontre. »
"और मैं आपके खिलाफ दूसरी मांगें करने पर भी विचार करूंगा।"

« Croyez-moi, de telles demandes seront très faciles à
justifier. »
"मेरा विश्वास करो, ऐसी मांगों को सही ठहराना बहुत आसान होगा।"

Il resta silencieux et regarda droit devant lui, vers son père.
वह चुप रहा और सीधे पिता की ओर देखने लगा।

Il semblait s'attendre à ce qu'il se passe quelque chose de
plus.
ऐसा लग रहा था कि वह कुछ और होने की उम्मीद कर रहा था।

En fait, ses deux amis ont immédiatement eu la même idée.
असल में, उसके दो दोस्तों को भी तुरंत यही आइडिया आया।

« Nous annulons également nos réservations de chambres »,
ont-ils déclaré à l'unisson.
उन्होंने एक साथ कहा, "हम भी अपने कमरे कैंसल कर रहे हैं।"

Il a alors saisi la poignée de la porte et l'a fermée.
फिर उसने दरवाज़े का हैंडल पकड़ा और दरवाज़ा बंद कर दिया।

Et dans un grand fracas, ils s'enfermèrent dans leur chambre.
और एक ज़ोरदार धमाके के साथ उन्होंने खुद को अपने कमरे में बंद कर
लिया।

Le père s'est dirigé en titubant vers sa chaise, les mains
tâtonnantes.
पिता लड़खड़ाते हुए हाथों से अपनी कुर्सी तक पहुंचे।

Et il se laissa tomber sur la chaise, vaincu.
और वह हारकर कुर्सी पर गिर पड़ा।

On aurait dit qu'il allait faire sa sieste habituelle du soir.
ऐसा लग रहा था जैसे वह अपनी रोज़ की शाम की झपकी लेने जा रहा था।

Mais sa tête hocha presque comme si elle n'était pas soutenue.
लेकिन उसका सिर ऐसे हिला जैसे उसे सहारा नहीं मिल रहा हो।

Et on pouvait voir qu'il ne dormait pas du tout.
और यह देखा जा सकता था कि वह बिल्कुल भी नहीं सो रहा था।

Durant tout ce temps, Gregor n'avait pas bougé de sa place.
इस सब के दौरान ग्रेगर अपनी जगह से हिला तक नहीं।

Il était toujours là où les messieurs l'avaient aperçu pour la première fois.
वह अभी भी वहीं था जहां उन लोगों ने उसे पहली बार देखा था।

Même s'il avait voulu déménager, il trouvait cela impossible.
अगर वह हिलना भी चाहता तो उसे यह नामुमकिन लगता।

À cause de sa déception, ou à cause de sa faim.
उसकी निराशा के कारण, या उसकी भूख के कारण।

Il était déçu par l'échec de son plan.
वह अपनी योजना के असफल होने से निराश था।

Et il était affaibli par la faim persistante qu'il ressentait.
और वह लंबे समय तक भूख लगने की वजह से कमज़ोर हो गया था।

Il était certain que tout le monde se retournerait contre lui à tout moment.
उसे यकीन था कि हर कोई किसी भी पल उसके खिलाफ हो जाएगा।

C'est avec cette certitude d'un effondrement imminent qu'il attendit.
जल्द ही गिरने की इस उम्मीद के साथ वह इंतज़ार करता रहा।

Le violon commença à glisser des genoux de sa mère.
वायलिन माँ की गोद से फिसलने लगा।

Dans un fracas retentissant, le violon tomba au sol.
एक जोरदार आवाज के साथ वायलिन जमीन पर गिर गया।

Mais même ce bruit soudain et fracassant ne l'a pas surpris.

लेकिन इस अचानक हुई आवाज़ से भी वह चौंका नहीं।

« Chers parents, dit la sœur, cela ne peut pas continuer. »
"प्रिय माता-पिता," बहन ने कहा, "यह जारी नहीं रह सकता।"

Et elle a frappé du poing sur la table pour appuyer ses propos.
और अपनी बात समझाने के लिए उसने मेज पर हाथ पटका।

« Je ne prononcerai pas le nom de mon frère devant ce monstre. »
"मैं इस राक्षस के सामने अपने भाई का नाम नहीं लूंगा।"

« C'est pourquoi je le dis aussi crûment que possible : »
"इसलिए मैं यह बात साफ-साफ कह रहा हूं:"

«Nous n'avons pas d'autre choix que de nous débarrasser de cet animal.»
"हमारे पास इस जानवर से छुटकारा पाने के अलावा कोई चारा नहीं है।"

« Nous avons fait de notre mieux pour tolérer et prendre soin de cet animal. »
"हमने इस जानवर को बर्दाश्त करने और उसकी देखभाल करने की पूरी कोशिश की।"

« Je ne pense pas que quiconque puisse nous blâmer, même légèrement. »
"मुझे नहीं लगता कि कोई भी हमें ज़रा भी दोष दे सकता है।"

« Elle a mille fois raison », a acquiescé le père.
"वह हजार बार सही कहती है," पिता ने सहमति जताई।

La mère n'avait pas encore complètement repris son souffle.
माँ की साँस अभी भी पूरी तरह से ठीक नहीं हुई थी।

Elle se mit à tousser sourdement dans sa main, la respiration lourde.
वह अपने हाथ पर धीरे-धीरे खांसने लगी और उसकी सांसें तेज़ हो गईं।

Et une expression de folie commença à apparaître dans ses yeux.
और उसकी आँखों में एक पागलपन भरा भाव उभरने लगा।

La sœur s'est précipitée vers sa mère et lui a pris le front.
बहन दौड़कर अपनी मां के पास गई और उनका माथा पकड़ लिया।

Les paroles de la sœur semblaient inspirer le père.
ऐसा लगा कि पिता बहन की बातों से प्रेरित हुए।

Et ses pensées semblaient plus claires qu'auparavant.
और उसके विचार पहले से ज़्यादा साफ़ लगने लगे।

Il cessa d'acquiescer et se redressa.
उसने सिर हिलाना बंद कर दिया और फिर से सीधा बैठ गया।

Et il jouait avec la casquette de son serviteur, plongé dans ses pensées.
और वह गहरी सोच में डूबा हुआ अपने नौकर की टोपी से खेल रहा था।

Les assiettes des locataires étaient encore sur la table.
किरायेदारों की प्लेटें अभी भी मेज पर थीं।

Et il regardait parfois vers Gregor, qui restait silencieux.
और वह कभी-कभी चुप ग्रेगर की ओर देखता था।

« Nous devons essayer de nous en débarrasser », lui dit sa sœur.
बहन ने उससे कहा, "हमें इससे छुटकारा पाने की कोशिश करनी चाहिए।"

La mère était trop occupée à tousser pour écouter.
माँ खांसने में इतनी बिज़ी थी कि सुन नहीं पाई।

« Ça va vous tuer tous les deux, je le vois déjà venir. »
"यह तुम दोनों को मार डालेगा, मुझे पहले से ही इसका अंदाज़ा है।"

«Nous ne pouvons pas tous continuer à travailler aussi dur que nous le faisons.»
"हम सब उतनी मेहनत नहीं कर सकते जितनी हम करते हैं।"

« Et chaque jour, nous devons rentrer chez nous et subir ce supplice. »
"और हर दिन हमें इस टॉर्चर के साथ घर आना पड़ता है।"

« Nous n'en pouvons plus. Je n'en peux plus. »
"हम इसे और बर्दाश्त नहीं कर सकते। मैं इसे बर्दाश्त नहीं कर सकता।"

Elle s'est effondrée dans les bras de sa mère, en larmes une dernière fois.
वह आखिरी बार फूट-फूट कर रोते हुए अपनी माँ के पास गिर पड़ी।

Les larmes coulèrent sur son visage et sur celui de sa mère.
आँसू उसके चेहरे से होते हुए उसकी माँ के चेहरे पर गिर पड़े।

Et elle essuya ses larmes d'un geste machinal.
और उसने एक मैकेनिकल मूवमेंट में आँसू पोंछ दिए।

« Mon enfant », dit le père d'une voix compatissante.
"मेरे बच्चे," पिता ने दयालु स्वर में कहा।

Il y avait une profonde sympathie et une grande compréhension dans sa voix.
उनकी आवाज़ में गहरी सहानुभूति और समझ थी।

« Mais que devons-nous faire ? » avoua-t-il ne pas savoir.
"लेकिन हमें क्या करना चाहिए?" उसने कहा कि उसे नहीं पता।

La sœur haussa simplement les épaules, impuissante.
बहन ने बेबसी में बस कंधे उचका दिए।

Et sa confiance d'antan fit de nouveau place aux larmes.
और उसके पहले वाले आत्मविश्वास की जगह फिर से आंसुओं ने ले ली।

« Si seulement il nous comprenait », dit le père à voix haute.
"काश वह हमें समझ पाता," पिता ने ज़ोर से कहा।

Et il se demandait à moitié si Gregor avait compris.
और उसने आधा सवाल किया कि शायद ग्रेगर समझ गया होगा।

La sœur lui a secoué la main violemment en pleurant.
बहन ने रोते हुए ज़ोर से अपना हाथ हिलाया।

Elle a donc indiqué qu'il ne fallait pas envisager cette idée.
और इसलिए उन्होंने इशारा किया कि इस विचार के बारे में नहीं सोचना चाहिए।

« Mais si seulement il nous comprenait », répéta le père.
"लेकिन काश वह हमें समझ पाता," पिता ने दोहराया।

Les yeux fermés, il réfléchit à la réponse de sa sœur.
आँखें बंद करके उसने बहन के जवाब पर विचार किया।

« S'il comprenait qu'un accord pouvait être conclu avec lui. »
"अगर वह समझ गया तो उसके साथ समझौता किया जा सकता है।"

« Mais vu la situation actuelle… »
"लेकिन चीजें जैसी हैं..."

«Il faut l'enlever,» s'écria la sœur, «c'est la seule solution.»
"इसे जाना ही होगा," बहन चिल्लाई, "यही एकमात्र रास्ता है।"

«Il faut vous débarrasser de l'idée que c'est Gregor.»
"आपको यह सोचना छोड़ देना होगा कि यह ग्रेगर है।"

« Notre véritable malheur, c'est d'y avoir cru si longtemps. »
"हमने इतने लंबे समय तक इस पर विश्वास किया, यही हमारी असली बदकिस्मती है।"

« Mais comment est-ce possible que ce soit Gregor ? » demanda-t-elle à son père.
"लेकिन यह ग्रेगर कैसे हो सकता है?" उसने अपने पिता से पूछा।

« Il savait qu'un tel animal ne pouvait pas coexister avec les humains. »
"वह जानता था कि ऐसा जानवर इंसानों के साथ नहीं रह सकता।"

« Gregor nous aurait quittés depuis longtemps, volontairement. »
"ग्रेगर तो बहुत पहले ही अपनी मर्ज़ी से हमें छोड़ चुका होता।"

« C'est vrai, nous n'aurions alors plus de frère. »
"यह सच है, तब हमारा कोई भाई नहीं होगा।"

« Mais nous pourrions continuer à vivre et à honorer sa mémoire. »
"लेकिन हम जीना जारी रख सकते हैं और उनकी याद का सम्मान कर सकते हैं।"

« Mais cette bête nous poursuit et chasse nos locataires. »
"लेकिन यह जानवर हमारा पीछा कर रहा है और हमारे किराएदारों को भगा रहा है।"

« De toute évidence, il veut s'emparer de tout l'appartement. »

"साफ़ है कि वह पूरे अपार्टमेंट पर कब्ज़ा करना चाहता है।"

« Cette bête veut nous faire dormir dans la rue. »
"यह जानवर हमें सड़क पर सुलाना चाहता है।"

« Regarde, papa, » s'écria-t-elle soudain, « il bouge à nouveau ! »
"देखो, पापा," वह अचानक चिल्लाई, "वह फिर से हिल रहा है!"

Et elle fit quelque chose que même Gregor ne put comprendre.
और उसने ऐसा काम किया जिसे ग्रेगर भी नहीं समझ सका।

Elle se repoussa, comme pour sacrifier sa mère.
उसने खुद को दूर धकेल दिया, जैसे कि वह माँ की बलि दे रही हो।

Et elle a couru derrière son père pour trouver une sorte de sécurité.
और वह किसी तरह की सुरक्षा के लिए अपने पिता के पीछे भागी।

Le père n'était agité que parce que sa fille l'était.
पिता सिर्फ़ इसलिए परेशान था क्योंकि उसकी बेटी परेशान थी।

Mais lui aussi se leva et leva les bras au-dessus d'elle.
लेकिन फिर वह भी खड़ा हो गया और उसने अपनी बाहें उसके ऊपर उठा लीं।

Mais Gregor n'avait aucune intention d'effrayer qui que ce soit.
लेकिन ग्रेगर का किसी को डराने का कोई इरादा नहीं था।

Il n'avait surtout aucune intention d'effrayer sa sœur.
खासकर उसे अपनी बहन को डराने का कोई ख्याल नहीं आया।

Il essayait simplement de faire demi-tour pour retourner dans sa chambre.
वह बस अपने कमरे की ओर वापस मुड़ने की कोशिश कर रहा था।

Mais, compte tenu de l'aggravation de son état, même cela devenait difficile.
लेकिन उनकी बिगड़ती हालत में यह भी मुश्किल था।

Et il ne pouvait plus se servir pleinement de ses jambes.
और अब उसके सभी पैर पूरी तरह से काम नहीं कर रहे थे।

Il utilisa donc sa tête pour soulever son corps et se retourner.
इसलिए उसने अपने शरीर को ऊपर उठाने और खुद को घुमाने के लिए अपने सिर का इस्तेमाल किया।

Il marqua une pause et chercha l'approbation de sa famille du regard.
वह रुका और परिवार की मंज़ूरी के लिए इधर-उधर देखने लगा।

Il semble que sa bonne intention ait été reconnue.
ऐसा लगा कि उनके अच्छे इरादे को पहचान लिया गया है।

Son mouvement ne leur avait procuré qu'un choc momentané.
उनका मूवमेंट उनके लिए बस एक पल का शॉक था।

À présent, ils le regardaient tous en silence, visiblement malheureux.
अब वे सब दुखी होकर चुपचाप उसे देख रहे थे।

La mère était toujours allongée dans le fauteuil, épuisée.
माँ अभी भी थकी हुई कुर्सी पर लेटी हुई थी।

Le père et la sœur étaient assis l'un à côté de l'autre.
पिता और बहन एक दूसरे के बगल में बैठे थे।

« Peut-être qu'ils me laisseront faire demi-tour maintenant », pensa Gregor.
"शायद अब वे मुझे वापस जाने देंगे," ग्रेगर ने सोचा।

Et il continua à effectuer son mouvement de rotation maladroit.
और वह अजीब तरह से मुड़ता रहा।

Il ne pouvait réprimer les halètements occasionnels dus à l'effort.
वह कभी-कभी होने वाली मेहनत की सांसों को रोक नहीं पाता था।

Et il a été contraint de se reposer à plusieurs reprises entre-temps.
और बीच में उन्हें कुछ बार आराम करने के लिए मजबूर होना पड़ा।

Plus personne ne le pressait ; c'était à lui de décider.

अब कोई भी उसे जल्दी करने के लिए मजबूर नहीं कर रहा था; यह उस पर छोड़ दिया गया था।

Finalement, il acheva ce virage lent et douloureux.
आखिरकार उसने धीमा और दर्दनाक टर्न पूरा किया।

Il se dirigea aussitôt vers sa chambre.
वह तुरंत अपने कमरे की ओर चलने लगा।

Il était stupéfait de la distance qui le séparait de sa chambre.
वह इस बात से हैरान था कि वह अपने कमरे से कितनी दूर था।

Comment, malgré sa faiblesse, avait-il réussi à y parvenir auparavant ?
अपनी कमजोरी के बावजूद वह वहां पहले कैसे पहुंच गया था?

Il avait emprunté presque le même chemin sans s'en apercevoir.
वह बिना ध्यान दिए लगभग उसी रास्ते से गुज़रा था।

Il se concentrait simplement sur le fait de ramper aussi vite qu'il le pouvait.
अब वह बस जितनी तेज़ी से हो सके, रेंगने पर ध्यान दे रहा था।

L'absence de commentaires ne le dérangeait pas.
किसी के कमेंट्स न आने से उन्हें कोई परेशानी नहीं हुई।

Ce n'est que lorsqu'il fut déjà à l'intérieur qu'il tourna la tête.
जब वह दरवाज़े के अंदर आ गया, तभी उसने अपना सिर घुमाया।

Mais il n'a pas pu se retourner complètement.
लेकिन वह पूरी तरह से पीछे मुड़कर नहीं देख पाया।

Car il sentit sa nuque se raidir encore davantage en se tournant.
क्योंकि जैसे ही वह मुड़ा, उसे अपनी गर्दन और भी ज़्यादा अकड़ती हुई महसूस हुई।

Mais il constata que rien n'avait changé derrière lui.
लेकिन उसने देखा कि उसके पीछे वैसे भी कुछ नहीं बदला था।

La seule différence, c'est que sa sœur s'était levée.

फ़र्क सिर्फ़ इतना था कि उसकी बहन खड़ी हो गई थी।

Son dernier regard lui montra que sa mère s'était endormie.
आखिरी नज़र में पता चला कि उसकी माँ सो गई थी।

Dès qu'il fut entré dans sa chambre, la porte fut fermée.
जैसे ही वह अपने कमरे के अंदर गया, दरवाज़ा बंद कर दिया गया।

Et dès que la porte fut fermée, le verrouilla.
और जैसे ही दरवाज़ा बंद हुआ, बोल्ड लॉक हो गया।

Gregor fut effrayé par le bruit inattendu derrière lui.
ग्रेगर पीछे से अचानक आई आवाज़ से डर गया।

Et ses jambes fléchirent sous lui, surprises par la soudaineté.
और अचानक हुए इस सरप्राइज़ से उसके पैर लड़खड़ा गए।

C'est sa sœur qui s'était précipitée vers la porte derrière lui.
यह बहन ही थी जो उसके पीछे दरवाज़े तक दौड़ी थी।

Elle s'était déjà dressée, et l'attendait.
वह पहले से ही वहाँ सीधी खड़ी थी और उसका इंतज़ार कर रही थी।

Elle fit alors un petit saut en avant sans que Gregor ne l'entende.
फिर वह ग्रेगर को सुनाई दिए बिना हल्के से आगे कूद गई।

« Enfin ! » s'écria-t-elle en tournant la clé.
"आखिरकार!" उसने चाबी घुमाते हुए ज़ोर से कहा।

« Et maintenant ? » se demanda Gregor, seul dans l'obscurité.
"अब क्या होगा," ग्रेगर ने अंधेरे में अकेले खुद से पूछा।

Il s'aperçut bientôt qu'il ne pouvait plus bouger du tout.
उसे जल्द ही पता चला कि वह अब बिल्कुल भी हिल नहीं सकता।

Mais son immobilité ne le surprenait pas vraiment.
लेकिन वह अपनी इस स्थिरता से सच में हैरान नहीं था।

Pouvoir se déplacer sur des jambes aussi fines semblait ridicule.
इतने पतले पैरों पर चल पाना अजीब लग रहा था।

Il ne savait pas comment il avait pu y parvenir.

उसे नहीं पता था कि वह यह कैसे कर पाया था।

Mais à part ça, il se sentait relativement à l'aise.
लेकिन इसके अलावा वह काफ़ी आरामदायक महसूस कर रहा था।

Il est vrai qu'il ressentait une douleur intense dans tout le corps.
यह सच है कि उसे पूरे शरीर में गहरा दर्द महसूस हुआ।

Mais la douleur semblait s'atténuer de plus en plus.
लेकिन ऐसा लग रहा था कि दर्द कम होता जा रहा है।

Et il avait l'impression que la douleur finirait par disparaître.
और उसे लगा कि दर्द आखिरकार गायब हो जाएगा।

Il sentait à peine la pomme pourrie dans son dos.
अब उसे अपनी पीठ पर सड़े हुए सेब का एहसास भी नहीं होता था।

Il repensa à sa famille avec émotion et amour.
उन्होंने अपने परिवार के बारे में इमोशन और प्यार से सोचा।

Il ressentait les émotions de sa sœur encore plus intensément qu'elle.
उसने अपनी बहन की भावनाओं को उससे भी ज़्यादा महसूस किया।

Elle avait raison ; il devait partir.
उसने जो कहा था, वह सही था; उसे जाना पड़ा।

Il passa quelque temps dans cet état désert et paisible.
उन्होंने कुछ समय इस खाली और शांतिपूर्ण स्थिति में बिताया।

L'horloge sonna trois fois, doucement mais fermement.
घड़ी ने धीरे से, लेकिन मज़बूती से तीन बार बजाया।

Gregor fut doucement tiré de ses pensées.
ग्रेगर को धीरे से उसके ख्यालों से बाहर निकाला गया।

Il regarda la lumière du matin pénétrer lentement dans sa chambre.
उसने सुबह की रोशनी को धीरे-धीरे अपने कमरे में आते देखा।

Puis sa tête s'affaissa complètement, malgré lui.
फिर उसका सिर बिना उसकी मर्ज़ी के पूरी तरह नीचे झुक गया।

Et son dernier souffle s'échappa faiblement de ses narines.

और उसकी आखिरी सांस उसकी नाक से कमज़ोर तरीके से बह रही थी।

La femme de chambre est entrée dans sa chambre tôt le matin.
नौकरानी सुबह-सुबह उसके कमरे में आ गई।

Elle n'a rien trouvé d'inhabituel lors de sa courte visite habituelle.
अपनी छोटी सी विज़िट के दौरान उसे कुछ भी अजीब नहीं लगा।

À bout de forces et dans la précipitation, elle claqua toutes les portes.
ताकत और जल्दबाजी के कारण उसने सारे दरवाज़े ज़ोर से बंद कर दिए।

Il était impossible de dormir paisiblement dans tout l'appartement.
पूरे अपार्टमेंट में चैन की नींद नहीं आ पा रही थी।

On lui avait demandé d'éviter de faire cela le matin.
उसे सुबह ऐसा न करने के लिए कहा गया था।

Elle pensait qu'il restait allongé là, immobile, exprès.
उसे लगा कि वह जानबूझकर वहाँ बिना हिले लेटा हुआ है।

Peut-être voulait-il lui montrer qu'il était offensé.
शायद वह उसे दिखाना चाहता था कि वह नाराज़ है।

Elle lui faisait confiance et pensait qu'il était doté d'une intelligence hors du commun.
उसे भरोसा था कि उसमें हर तरह की समझदारी है।

Il se trouve qu'elle tenait le long balai à la main.
संयोग से उसके हाथ में लंबी झाड़ू थी।

Alors, depuis la porte, elle essaya de chatouiller un peu Gregor.
तो, दरवाज़े से, उसने ग्रेगर को थोड़ी गुदगुदी करने की कोशिश की।

Elle était un peu agacée qu'il ne réponde pas du tout.
वह थोड़ी नाराज़ थी कि उसने कोई जवाब नहीं दिया।

Alors cette fois, elle le poussa un peu plus fermement.

इसलिए इस बार उसने उसे थोड़ा और ज़ोर से धक्का दिया।

Comme il n'opposait aucune résistance, elle l'examina de plus près.
जब उसने कोई विरोध नहीं दिखाया तो उसने ध्यान से देखा।

Elle comprit rapidement ce qui était réellement arrivé à Gregor.
उसे जल्द ही एहसास हो गया कि ग्रेगर के साथ असल में क्या हुआ था।

Elle ouvrit davantage les yeux et siffla pour elle-même.
उसने अपनी आँखें और चौड़ी कीं, और मन ही मन सीटी बजाई।

Mais elle n'a pas tardé à ouvrir la porte.
लेकिन उसने दरवाज़ा खोलने में ज़्यादा समय बर्बाद नहीं किया।

Et elle cria d'une voix forte dans l'obscurité :
और उसने अंधेरे में ऊंची आवाज़ में पुकारा:

«Viens voir, il est là, complètement mort.»
"आओ और देखो, वह वहीं पड़ा है, पूरी तरह से मरा हुआ।"

Les deux parents étaient assis bien droits dans leur lit conjugal.
दोनों माता-पिता अपने शादीशुदा बिस्तर पर सीधे बैठे थे।

Il leur fallait d'abord surmonter le choc du bruit.
सबसे पहले उन्हें शोर के झटके से उबरना पड़ा।

Mais peu à peu, ils ont commencé à comprendre son message.
लेकिन फिर धीरे-धीरे वे उसका संदेश समझने लगे।

Monsieur et Madame Samsa ont chacun sauté de leur côté du lit.
मिस्टर और मिसेज़ समसा दोनों बिस्तर से अपनी तरफ़ से कूद पड़े।

M. Samsa jeta l'épaisse couverture sur ses épaules.
मिस्टर समसा ने मोटा कंबल अपने कंधों पर डाल लिया।

Et Mme Samsa sortit vêtue uniquement de sa chemise de nuit.
और मिसेज़ समसा सिर्फ़ नाइटगाउन में बाहर आई।

C'est ainsi qu'ils entrèrent dans la chambre de Gregor.

और इस तरह वे ग्रेगर के कमरे में घुस गए।

Entre-temps, la porte du salon s'était également ouverte.
इस बीच, लिविंग रूम का दरवाज़ा भी खुल गया था।

Grete y dormait depuis l'emménagement des locataires.
जब से किरायेदार आए थे, ग्रेटे वहीं सोती थी।

Elle était entièrement habillée comme si elle n'avait pas dormi du tout.
वह पूरे कपड़े पहने हुए थी, जैसे कि वह सोई ही नहीं हो।

Son visage pâle semblait également témoigner de son manque de sommeil.
उसका पीला चेहरा भी उसकी नींद की कमी को साबित कर रहा था।

« Il est mort ? » demanda Mme Samsa en regardant la bonne.
"वह मर गया?" मिसेज समसा ने नौकरानी की ओर देखते हुए पूछा।

Elle aurait pu le confirmer en le regardant elle-même.
वह खुद उसे देखकर इसकी पुष्टि कर सकती थी।

« Je le crois », dit la bonne en ramassant le balai.
"मुझे ऐसा लगता है," नौकरानी ने झाड़ू उठाते हुए कहा।

Et elle a poussé son corps sur une longue distance à travers le sol.
और उसने उसके शरीर को फर्श पर काफी दूर तक धकेल दिया।

Mme Samsa fit un mouvement comme si elle voulait l'arrêter.
मिसेज़ समसा ने ऐसा मूवमेंट किया जैसे वह उसे रोकना चाहती हों।

Mais finalement, elle a laissé la bonne faire glisser Gregor.
लेकिन आखिर में उसने नौकरानी को ग्रेगर को इधर-उधर घुमाने दिया।

« Eh bien, » dit M. Samsa, « enfin nous pouvons remercier Dieu. »
"ठीक है," मिस्टर समसा ने कहा, "आखिरकार हम भगवान को धन्यवाद दे सकते हैं।"

Il fit le signe de croix : tête, poitrine, épaules.
उसने क्रॉस का निशान बनाया; सिर, छाती, कंधे।

Et les trois femmes suivirent son exemple religieux.

और तीनों महिलाओं ने उनके धार्मिक उदाहरण का अनुसरण किया।

Grete, qui ne quittait pas le cadavre des yeux, dit :
ग्रीटे, जिसने अपनी नज़रें लाश से नहीं हटाई, बोली;

«Regardez comme il est maigre, il n'a pas mangé depuis si longtemps.»
"देखो वह कितना दुबला हो गया है, उसने बहुत दिनों से कुछ नहीं खाया है।"

« La nourriture que je lui laissais chaque matin restait toujours intacte. »
"मैं हर सुबह उसके लिए जो खाना छोड़ती थी, वह हमेशा बिना छुए रहता था।"

En fait, le corps de Gregor était complètement plat et sec.
असल में, ग्रेगर का शरीर पूरी तरह से सपाट और सूखा था।

C'était plus visible maintenant qu'il était au sol.
अब जब वह ज़मीन पर था तो यह बात और भी साफ़ दिख रही थी।

Parce que son corps n'était plus soutenu par ses jambes.
क्योंकि अब उसका शरीर उसके पैरों से ऊपर नहीं उठ पा रहा था।

Et parce que rien d'autre ne venait distraire la vue.
और क्योंकि वहां कोई और चीज़ नहीं थी जो नज़ारे को भटका रही हो।

«Viens avec nous un moment, Grete», dit Mme Samsa.
"थोड़ी देर के लिए हमारे साथ अंदर आओ, ग्रीट," मिसेज़ समसा ने कहा।

Un sourire douloureux se dessinait sur ses lèvres lorsqu'elle parlait.
बोलते समय उसके होठों पर एक दर्द भरी मुस्कान थी।

Grete les suivit, mais jeta aussi un coup d'œil en arrière au cadavre.
ग्रीट ने उनका पीछा किया, लेकिन उसने लाश की ओर भी देखा।

La bonne ferma la porte et ouvrit grand la fenêtre.
नौकरानी ने दरवाज़ा बंद कर दिया और खिड़की पूरी तरह खोल दी।

Il était encore tôt, l'air était donc normalement froid.

अभी सुबह थी, इसलिए हवा आम तौर पर ठंडी होगी।

Mais il y avait aussi un mélange de chaleur dans l'air froid.
लेकिन ठंडी हवा में गर्मी का मिश्रण भी था।

Comme un doux rappel que c'était désormais la fin du mois de mars.
जैसे यह एक हल्की सी याद दिलाने वाली बात हो कि अब मार्च का अंत हो गया है।

Les trois locataires sortirent alors eux aussi de leur chambre.
अब तीनों किरायेदार भी अपने कमरे से बाहर निकल आए।

Ils cherchèrent leur petit-déjeuner avec étonnement.
वे अपने नाश्ते के लिए हैरानी से इधर-उधर देखने लगे।

Le petit-déjeuner a été oublié à cause de ce que la femme de chambre a trouvé.
नौकरानी को जो मिला, उसकी वजह से नाश्ता भूल गए।

« Où est le petit-déjeuner ? » grommela l'homme du milieu.
"नाश्ता कहाँ है?" बीच वाले आदमी ने बड़बड़ाते हुए पूछा।

La bonne porta son doigt à sa bouche pour demander le silence.
नौकरानी ने चुप रहने का आदेश देने के लिए अपनी उंगली मुंह पर रख ली।

Et elle salua les messieurs d'un geste rapide et silencieux.
और उसने जल्दी से और चुपचाप उन सज्जनों को हाथ हिलाया।

La servante fit entrer les trois messieurs dans la pièce.
नौकरानी ने तीनों आदमियों को कमरे में ले गई।

Et elle a continué à leur expliquer ce qui s'était passé.
और वह उन्हें समझाती रही कि क्या हुआ था।

Et les trois messieurs se tinrent autour du corps de Gregor.
और तीनों सज्जन ग्रेगर की लाश के चारों ओर खड़े हो गए।

Les mains dans les poches, ils baissèrent les yeux.
अपने हाथ जेब में डाले वे नीचे देखने लगे।

La lumière du matin inondait désormais complètement la pièce.
सुबह की रोशनी अब कमरे में पूरी तरह फैल चुकी थी।

La porte de la chambre s'ouvrit alors et M. Samsa apparut.
तभी बेडरूम का दरवाज़ा खुला और मिस्टर समसा प्रकट हुए।

D'un côté se trouvait sa femme, et de l'autre sa fille.
एक तरफ उनकी पत्नी थी और दूसरी तरफ उनकी बेटी।

M. Samsa portait déjà son uniforme.
मिस्टर समसा अब तक अपनी यूनिफ़ॉर्म पहन चुके थे।

On pouvait voir qu'ils avaient tous un peu pleuré.
कोई भी देख सकता था कि वे सभी थोड़ा रो रहे थे।

Grete pressa son visage contre le bras de son père.
ग्रीट ने अपना चेहरा अपने पिता की बांह से सटा लिया।

« Quittez mon appartement immédiatement ! » ordonna M. Samsa.
मिस्टर समसा ने आदेश दिया, "तुरंत मेरा अपार्टमेंट छोड़ दो!"

Et il désigna la porte sans laisser partir les femmes.
और उसने औरतों को जाने दिए बिना दरवाज़े की तरफ़ इशारा किया।

« Que voulez-vous dire ? » demanda l'intermédiaire, déconcerté.
"आपका क्या मतलब है?" बिचौलिए ने परेशान होकर पूछा।

Et il fit de son mieux pour sourire gentiment à M. Samsa.
और उन्होंने मिस्टर समसा को प्यार से मुस्कुराने की पूरी कोशिश की।

Les deux autres tenaient leurs mains derrière leur dos.
बाकी दो ने अपने हाथ पीठ के पीछे कर लिए।

Et ils se frottèrent les mains d'impatience.
और वे उम्मीद में अपने हाथ आपस में रगड़ने लगे।

Ils semblaient s'attendre à une violente dispute.
उन्हें लग रहा था कि वहां ज़ोरदार झगड़ा होगा।

Mais ils semblaient se réjouir de la dispute à venir.
लेकिन वे आने वाली बहस को लेकर खुश लग रहे थे।

Ils pensaient que le litige tournerait à leur avantage.

उन्हें लगा कि झगड़ा उनके पक्ष में होगा।

« Je maintiens exactement ce que je viens de dire », a répondu M. Samsa.
मिस्टर समसा ने जवाब दिया, "मैंने जो कहा, वही मेरा मतलब है।"

Il marchait en ligne droite avec ses deux compagnons.
वह अपने दो साथियों के साथ सीधी लाइन में चल रहा था।

Et M. Samsa s'est adressé directement à leur responsable.
और मिस्टर समसा सीधे उनके लीड जेंटलमैन के पास गए।

Le monsieur resta d'abord immobile, le regard fixé au sol.
वह सज्जन पहले तो ज़मीन की ओर देखते हुए स्थिर खड़े रहे।

Le contenu de sa tête était encore en train de se réorganiser.
उसके दिमाग में अभी भी चीज़ें व्यवस्थित हो रही थीं।

« Très bien, nous y allons », dit-il en levant les yeux vers M. Samsa.
"ठीक है, हम चलेंगे," उन्होंने कहा और मिस्टर समसा की ओर देखा।

Une nouvelle humilité semblait l'avoir soudainement envahi.
ऐसा लगा जैसे अचानक उस पर एक नई विनम्रता छा गई हो।

Et il semblait demander la permission pour cette décision.
और ऐसा लग रहा था कि वह इस फैसले के लिए इजाज़त मांग रहे थे।

M. Samsa ouvrit grand les yeux et hocha légèrement la tête.
मिस्टर समसा ने अपनी आँखें चौड़ी करके थोड़ा सिर हिलाया।

Les messieurs obéirent immédiatement à son ordre.
सज्जनों ने तुरंत उसकी आज्ञा का पालन किया।

Et ils ont effectivement fait de longues enjambées dans le couloir.
और वे सचमुच हॉलवे में लंबे कदम बढ़ाते हुए गए।

Ses amis avaient déjà cessé de se frotter les mains.
उसके दोस्तों ने तो हाथ मलना ही बंद कर दिया था।

Ils avaient écouté le déroulement de la conversation.
वे सुन रहे थे कि बातचीत कैसी चल रही है।

Et maintenant, ils couraient après lui, comme pris de peur.

और अब वे उसके पीछे भाग रहे थे, मानो डर के मारे।

M. Samsa pourrait encore les isoler de leur chef.
मिस्टर समसा अभी भी उन्हें उनके लीडर से अलग कर सकते हैं।

Ils ont sorti leurs bâtons du récipient.
उन्होंने अपनी छड़ियाँ डंडे के डिब्बे से बाहर निकालीं।

Et ils s'inclinèrent en silence avant de quitter l'appartement.
और अपार्टमेंट से निकलने से पहले उन्होंने चुपचाप सिर झुकाया।

M. Samsa et les deux femmes sortirent sur le parvis.
मिस्टर समसा और दोनों महिलाएं फोरकोर्ट से बाहर निकल आए।

Mais en réalité, ils n'avaient aucune raison de se méfier de ces hommes.
लेकिन असल में उनके पास उन आदमियों पर भरोसा न करने का कोई कारण नहीं था।

Ils s'appuyèrent sur la rambarde pour vérifier s'ils étaient partis.
वे यह देखने के लिए रेलिंग पर झुके कि वे चले गए हैं या नहीं।

Les trois messieurs descendaient effectivement les escaliers.
तीनों सज्जन सचमुच सीढ़ियों से उतर रहे थे।

Ils disparurent dans un virage de l'escalier.
सीढ़ियों के एक खास मोड़ पर वे गायब हो गए।

Puis l'escalier les ramena à la vue.
और फिर सीढ़ियों ने उन्हें वापस दिखा दिया।

Ce phénomène d'apparition et de disparition se répétait à chaque étage.
यह आना और गायब होना हर मंज़िल पर दोहराया गया।

Mais finalement, ils étaient presque arrivés au fond.
लेकिन आखिरकार वे लगभग नीचे तक पहुंच ही गए थे।

Plus ils avançaient, moins ils étaient intéressants.
वे जितना आगे बढ़ते गए, उतने ही बोरिंग होते गए।

Tout le monde est rentré à la maison, comme soulagé.
सब लोग घर वापस लौट आए, मानो उन्हें राहत मिली हो।

Ils décidèrent de profiter de la journée pour se reposer et aller se promener.
उन्होंने दिन में आराम करने और टहलने जाने का फैसला किया।

Ils estimaient avoir mérité cette pause dans leur travail.
उन्हें लगा कि वे अपने काम से यह ब्रेक पाने के हकदार थे।

Non seulement ils méritaient cette pause, mais ils en avaient besoin.
वे न केवल इस ब्रेक के हकदार थे, बल्कि उन्हें इसकी ज़रूरत भी थी।

Ils s'assirent à table pour écrire des lettres d'excuses.
वे माफ़ीनामा लिखने के लिए टेबल पर बैठ गए।

M. Samsa a adressé une lettre d'excuses à sa direction.
मिस्टर समसा ने अपने मैनेजमेंट को माफ़ीनामा लिखा।

Mme Samsa a écrit sa lettre d'excuses à ses clients.
मिसेज समसा ने अपने क्लाइंट्स को माफ़ीनामा लिखा।

Et Grete a écrit sa lettre d'excuses à son directeur.
और ग्रीट ने अपने प्रिंसिपल को माफ़ीनामा लिखा।

Pendant qu'ils écrivaient tous, la bonne entra dans la pièce.
जब वे सब लिख रहे थे, नौकरानी कमरे में आई।

Son travail du matin était terminé, elle rentrait donc chez elle.
उसका सुबह का काम खत्म हो गया था, इसलिए वह घर जा रही थी।

Les trois écrivains hochèrent d'abord la tête, sans lever les yeux.
तीनों लेखकों ने पहले तो बिना ऊपर देखे सिर हिलाया।

Mais la bonne ne semblait pas encore vouloir partir.
लेकिन नौकरानी अभी जाना नहीं चाहती थी।

Elle attendit un peu, jusqu'à ce que les trois écrivains lèvent les yeux.
वह थोड़ा इंतज़ार करती रही, जब तक कि तीनों लेखकों ने ऊपर नहीं देखा।

« Eh bien ? » demanda M. Samsa, en colère, comme l'étaient les autres.

"अच्छा?" मिस्टर समसा ने गुस्से में पूछा, जैसे दूसरे लोग थे।

La bonne se tenait sur le seuil, un sourire aux lèvres.
नौकरानी चेहरे पर मुस्कान लिए दरवाज़े पर खड़ी थी।

Elle donnait l'impression d'avoir de bonnes nouvelles à annoncer.
उसने ऐसा इंप्रेशन दिया कि उसके पास बताने के लिए अच्छी खबर है।

Mais elle n'allait pas partager la nouvelle à moins qu'on ne le lui demande.
लेकिन जब तक कहा न जाए, वह यह खबर शेयर नहीं करने वाली थी।

La plume d'autruche dressée sur son chapeau oscillait légèrement.
उसकी टोपी पर लगा शुतुरमुर्ग का पंख थोड़ा हिल रहा था।

Cette plume d'autruche avait toujours agacé M. Samsa.
वह शुतुरमुर्ग का पंख हमेशा मिस्टर समसा को परेशान करता था।

« Alors, que voulez-vous ? » demanda Mme Samsa, d'un ton ferme.
"तो फिर आप क्या चाहते हैं?" मिसेज़ समसा ने सख्ती से पूछा।

La bonne avait encore beaucoup de respect pour Mme Samsa.
नौकरानी के मन में अब भी मिसेज़ समसा के लिए बहुत इज़्ज़त थी।

« Oui », répondit-elle, et elle éclata d'un rire amical.
"हाँ", उसने जवाब दिया और दोस्ताना अंदाज़ में हँस पड़ी।

Un instant, son rire l'empêcha de parler.
एक पल के लिए उसकी हंसी ने उसे बोलने से रोक दिया।

« Tu n'as pas à t'inquiéter pour ce qui se passe chez le voisin. »
"आपको पड़ोस की उस चीज़ के बारे में चिंता करने की ज़रूरत नहीं है।"

« J'ai déjà prévu comment nous allons nous en débarrasser. »
"मैंने पहले ही तय कर लिया है कि हम इससे कैसे छुटकारा पाएँगे।"

Mme Samsa et Grete continuèrent à écrire leurs lettres.
मिसेज़ समसा और ग्रेटे ने अपने पत्र लिखना जारी रखा।

Mais M. Samsa remarqua que la bonne n'avait pas encore terminé.
लेकिन मिस्टर समसा ने देखा कि नौकरानी का काम अभी खत्म नहीं हुआ था।

Elle voulait maintenant tout décrire plus en détail.
अब वह हर बात को और विस्तार से बताना चाहती थी।

Mais il tendit la main pour repousser ses avances.
लेकिन उसने उसकी कोशिशों को ठुकराने के लिए अपना हाथ आगे बढ़ाया।

Elle s'est rendu compte qu'ils n'étaient pas intéressés par ses projets.
उसे एहसास हुआ कि उन्हें उसके प्लान में कोई दिलचस्पी नहीं थी।

Et puis elle se souvint de la grande précipitation dans laquelle elle avait été.
और फिर उसे याद आया कि वह कितनी जल्दी में थी।

« Ciao alors », dit-elle, insultée par ce manque d'intérêt.
"तो फिर," उसने कहा, दिलचस्पी न होने से बेइज्जत महसूस करते हुए।

Mais avant de partir, elle a claqué la porte très fort.
लेकिन जाने से पहले उसने दरवाज़ा ज़ोर से बंद कर दिया।

« Elle sera licenciée ce soir », a déclaré M. Samsa.
मिस्टर समसा ने कहा, "उसे शाम को नौकरी से निकाल दिया जाएगा।"

Mais sa femme et sa fille étaient trop occupées pour lui répondre.
लेकिन उनकी पत्नी और बेटी इतने बिज़ी थे कि उन्हें जवाब नहीं दे पाए।

Parce que la bonne avait troublé leur paix nouvellement acquise.
क्योंकि नौकरानी ने उनकी नई मिली शांति भंग कर दी थी।

La mère et la fille se levèrent pour aller à la fenêtre.
माँ और बेटी खिड़की के पास जाने के लिए उठीं।

Et, enlacés, ils restèrent là.
और एक दूसरे को गले लगाकर वे वहीं रुके रहे।

M. Samsa se tourna sur sa chaise pour les regarder.

मिस्टर समसा अपनी कुर्सी पर घूमकर उन्हें देखने लगे।

Et pendant un moment, il les observa en silence, immobiles
là.
और कुछ देर तक वह चुपचाप उन्हें वहीं खड़ा देखता रहा।

Finalement, il leur cria : « Viendrez-vous à moi ? »
अंत में उसने उन्हें पुकारा, "क्या तुम मेरे पास आओगे?"

«Oublions tout ça, d'accord ?»
"चलो, हम सब पुरानी बातें भूल जाएं।"

«Viens à moi et accorde-moi un peu d'attention.»
"मेरे पास आओ और मुझे अपना थोड़ा ध्यान दो।"

Les deux femmes firent ce qu'il leur avait dit et se
précipitèrent vers lui.
दोनों महिलाओं ने उसकी बात मानी और उसके पास दौड़ीं।

Ils lui ont fait une accolade affectueuse et l'ont embrassé.
उन्होंने उसे प्यार से गले लगाया और चूमा।

Ils retournèrent rapidement pour terminer la rédaction de
leurs lettres.
वे जल्दी से अपने पत्र लिखने के लिए वापस आ गए।

Puis, tous les trois, ils quittèrent l'appartement ensemble.
फिर वे तीनों एक साथ अपार्टमेंट से निकल गए।

Ils n'étaient pas sortis ensemble depuis des mois.
वे महीनों से एक साथ घर से बाहर नहीं निकले थे।

Et ils prirent le tramway jusqu'à la périphérie de la ville.
और वे ट्राम से शहर के बाहरी इलाके में चले गए।

Ils avaient toute la rame du tramway pour eux seuls.
ट्राम का पूरा डिब्बा उनके पास था।

La lumière du soleil inondait la pièce par la fenêtre.
बाहर से खिड़की से धूप अंदर आ रही थी।

La famille se cala confortablement dans ses sièges.
परिवार आराम से अपनी सीटों पर बैठ गया।

Et ils ont discuté de leurs perspectives d'avenir.

और उन्होंने अपने भविष्य की संभावनाओं पर चर्चा की।

À y regarder de plus près, leurs perspectives n'étaient pas mauvaises.
करीब से देखने पर उनकी उम्मीदें बुरी नहीं थीं।

Tous les trois occupaient des emplois qui leur permettraient de gagner davantage.
तीनों के पास ऐसी नौकरियां थीं जिनमें ज़्यादा कमाने की संभावना थी।

Ils ne s'étaient jamais interrogés l'un sur l'autre concernant leur travail.
उन्होंने कभी एक-दूसरे से उनके काम के बारे में नहीं पूछा था।

Mais maintenant, ils avaient enfin le temps de discuter de ces choses-là.
लेकिन अब आखिरकार उनके पास ऐसी बातों पर चर्चा करने का समय था।

Ils avaient également la possibilité de déménager dans un appartement plus petit.
उनके पास एक छोटे अपार्टमेंट में जाने का ऑप्शन भी था।

Cela aurait le plus grand impact sur leur vie.
इसका उनके जीवन पर सबसे अधिक प्रभाव पड़ेगा।

Leur appartement actuel avait été choisi par Gregor.
उनका अभी का अपार्टमेंट ग्रेगर ने चुना था।

Mais maintenant, ils pourraient déménager dans un endroit plus abordable.
लेकिन अब वे कहीं ज़्यादा सस्ती जगह पर जा सकते हैं।

Un appartement plus petit, mais dans un endroit plus pratique.
एक छोटा अपार्टमेंट, लेकिन ज़्यादा प्रैक्टिकल जगह।

Parler de l'avenir a redonné vie à Grete.
भविष्य के बारे में बात करने से ग्रीट फिर से ज़्यादा ज़िंदादिल हो गई।

Monsieur et Madame Samsa ont également remarqué d'autres changements chez elle.
मिस्टर और मिसेज़ समसा ने उसमें दूसरे बदलाव भी देखे।

Ses joues étaient devenues pâles à cause de tous ses soucis.
सारी चिंताओं से उसके गाल पीले पड़ गये थे।

Mais à présent, leur fille s'épanouissait et devenait une femme remarquable.
लेकिन अब उनकी बेटी एक अच्छी महिला बन रही थी।

C'était vraiment une belle et jolie jeune femme, maintenant.
अब वह सच में एक हृष्ट-पुष्ट और अच्छी जवान औरत थी।

Ses parents se turent et admirèrent leur fille.
उसके माता-पिता चुप हो गए और अपनी बेटी की तारीफ़ करने लगे।

Ils échangèrent un regard, communiquant inconsciemment.
वे अनजाने में एक-दूसरे को देखकर बात कर रहे थे।

« Il sera bientôt temps de lui trouver un homme bien. »
"जल्द ही उसके लिए एक अच्छा आदमी ढूंढने का समय आ जाएगा।"

Le tramway était arrivé à destination et avait ralenti.
ट्राम अपनी मंज़िल पर पहुँच गई थी और धीमी हो गई थी।

Leur fille semblait confirmer leurs nouveaux rêves.
उनकी बेटी ने उनके नए सपनों को पक्का कर दिया।

Elle fut la première à se lever et à étirer son jeune corps.
वह सबसे पहले खड़ी हुई और अपने जवान शरीर को स्ट्रेच किया।

9 781835 669075